Günther Hummel · Jonathan will leben

Günther Hummel

Jonathan will leben

johannis

Bibliografische Information der Deutschen Nationalbibliothek
Die Deutsche Nationalbibliothek verzeichnet diese Publikation in der Deutschen Nationalbibliografie; detaillierte bibliografische Daten sind im Internet über http://dnb.d-nb.de abrufbar.

ISBN 978-3-501-01640-4

Bestell-Nr. 77901

Umschlaggestaltung: Sabine Maria Reister, www.reister-design.de
Gesamtherstellung: St.-Johannis-Druckerei C. Schweickhardt GmbH, Lahr/Schwarzwald
Printed in Germany 17283/2009

www.johannis-verlag.de

Danke, Familie,
danke, Iris

Meine Mama weinte fürchterlich nach dem Besuch beim Gynäkologen. Der hatte ihr in aller Sachlichkeit erklärt, dass mit mir wohl einiges nicht in Ordnung sei.

Noch am selben Morgen, als wir zwei ganz alleine waren, hatte sie zu mir gesagt: »So, mein kleiner Schatz, heute fahren wir zu Doktor Klein. Der schaut nach dir, ob du dich auch gut entwickelt hast.« Zärtlich und voller Liebe streichelte sie dabei über ihren Bauch, was ich sehr gerne habe. Ein paar Stunden später waren wir dann mit der ratternden Straßenbahn bis zum Hauptbahnhof gefahren. Als sie dort ausstieg, flüsterte sie mir zu: »Noch ein paar Minuten Fußweg, dann wird der Herr Doktor nach meinem Kleinen schauen.«

Wir mussten lange im überfüllten Wartezimmer sitzen. Eine Frau sprach meine Mama neugierig an: »Ist mit Ihnen und Ihrem Kind alles in Ordnung?«

»Natürlich«, antwortete Mama etwas empört. »Wieso fragen Sie?«

»Sie machen so einen nervösen Eindruck.«

»Ach was ...«

»Frau Wiesner bitte!«, hörte ich eine energische Stimme meine Mama aufrufen. So kam sie nicht mehr dazu, ihren angefangenen Satz zu beenden. Ich verspürte Mamas Erleichterung, und als sie das Behandlungszimmer betrat, war ihre Anspannung von eben schon wieder verflogen.

»Machen Sie bitte Ihren Bauch frei und legen Sie sich dort auf die Liege. Doktor Klein kommt sofort.« Ich fand, die Sprechstundenhilfe war sehr kühl und unnahbar.

»Ist gut«, antwortete Mama nervös. Wieder spürte ich bei Mama diese Angst. Was hatte sie denn nur?

Die Tür wurde abermals aufgestoßen. »So, wen haben wir denn hier. Ach ja, Frau Wiesner«, hörte ich den Doktor halb abwesend sagen. »Wie geht es Ihnen?«

»Gut, Herr Doktor, danke.«

»Das ist erfreulich. Dann wollen wir mal nach dem werdenden Kindlein schauen.« Mama wurde mit etwas Kaltem auf ihrem Bauch eingerieben. Dann drückte etwas Hartes, Fremdes auf mich und ich hörte eigenartige Geräusche.

»Ist alles in Ordnung?«, wollte Mama nach einer Weile wissen.

»Hm.« Dieses einfache »Hm« brachte Mamas Herzschlag zum Rasen und ein Zittern durchdrang ihren ganzen Körper. Das hatte ich bisher noch nie bei ihr gespürt, obwohl ich ja immer merke, wenn sie Sorgen oder Angst plagen; dann geht es mir auch nicht gut.

»Hier, mit diesen Tüchern können Sie sich abwischen«, hörte ich den Doktor sagen. Auf Mamas bange Frage ging er gar nicht ein.

Erst als Mama sich wieder aufgerichtet hatte, äußerte Doktor Klein seine Bedenken: »Nun, Frau Wiesner, der Ultraschall lässt etliche Unregelmäßigkeiten erkennen. Es ist leider nicht auszuschließen, dass ihr Kind eine Behinderung hat.«

»Aber ... aber ich ...«

»Ich werde Ihnen eine Überweisung zur Universitätsklinik ausstellen«, unterbrach Doktor Klein meine Mama ungeduldig, die für einige Augenblicke die Luft anhielt. Ich bewegte mich ein wenig und zum Glück atmete sie gleich darauf weiter. Darüber war ich froh.

»Dort lassen Sie, wenn Sie damit einverstanden sind, unter anderem eine Fruchtwasseruntersuchung durchführen«, redete Doktor Klein weiter auf Mama ein, »damit wir Gewissheit haben. Professor Heiler ist ein kompetenter Mediziner, der Sie eingehend untersuchen wird. Einen Termin lassen Sie sich am besten gleich an der Rezeption geben. Nur Mut, Frau Wiesner, Sie sind ja erst in der achtzehnten Woche. Sollte sich mein Verdacht bestätigen, dann stehen Ihnen ja noch alle Möglichkeiten offen.« Mit diesen Worten verabschiedete er sich eilig von Mama und begleitete sie aus dem Behandlungszimmer.

Noch in derselben Woche fährt meine Mama mit mir in die Universitätsklinik. Papa hat sich für diesen Tag im Geschäft frei genommen, um ihr beizustehen. Es ist immer schön, wenn Papa mit uns geht, weil Mama dann viel ruhiger ist.

In der Klinik dauern die Untersuchungen sehr lange und ich bin immer wieder dabei eingeschlafen. Als ich wieder erwache, höre ich gerade, wie Professor Heiler zu meinen Eltern sagt: »So leid es mir tut, Ihr Kind wird krank und behindert zur Welt kommen.« Das aber wusste ich ja schon längst.

»Auch ist eine Teillähmung nicht auszuschließen.

Was das Ganze noch erheblich erschwert: Ihr Kind hat ein sehr krankes Herz, das eine Überlebenschance fraglich macht. Um eine genauere Diagnose zu erstellen, ist es noch zu früh.«

Ja, das stimmt, was er da sagt. Mein Herz tut mir schon ein bisschen weh und ich bin schon wieder sehr müde. Trotzdem will ich noch ein wenig wach bleiben, um zu hören, was über mich gesprochen wird.

»Ihr Kind wird mit höchster Wahrscheinlichkeit auch geistig behindert sein«, erklärt Professor Heiler weiter, »und wird keine zusammenhängenden Sätze äußern. In seinem ganzen Leben wird es nie selbstständig einen Fuß vor den anderen setzen können und wird nur im Rollstuhl sitzen – mehr nicht. In unserer Gesellschaft würde Ihr Kind immer ein Außenseiter sein. Von seiner Umwelt wird es wenig wahrnehmen. Hier würde ich sagen, dass keine Lebensqualität vorhanden ist. Auch Ihr Leben wird völlig umgekrempelt und Ihre Partnerschaft auf eine harte Probe gestellt. Viele Eltern, die sich für ein solches Leben entscheiden, sind schnell mit dieser Situation überfordert und geben ihr behindertes Kind ins Heim zur Pflege ab, weil sie nach ein paar Monaten oder einigen Jahren an ihre Grenzen gekommen sind. Nicht selten brechen dabei Partnerschaften auseinander. Überlegen Sie es sich gut, ob Sie dieses Risiko eingehen möchten. Ziehen Sie daher auch die Möglichkeit einer Abtreibung in Erwägung. Treffen Sie in aller Ruhe Ihre Entscheidung.«

»Einfach so – als sei mein Kind ein wertloser Gegenstand? Ich ... ich soll es töten? Hat mein Kind denn kein Recht zu leben? Nur, weil es behindert sein wird und in unsere Leistungsgesellschaft nicht hineinpasst?« Jetzt weint Mama schon wieder, was mich sehr beunruhigt und mir Angst macht.

Alle schweigen für einen Moment, bevor Doktor Heiler weiterspricht. »Ich bin dazu verpflichtet, den Inhalt unseres gemeinsamen Gespräches schriftlich zu protokollieren, was meine Assistentin Ihnen zur Unterschrift vorlegen wird. Um etwaigen Regressansprüchen vorzubeugen«, redet der Professor einfach weiter, ohne auf Mamas Frage einzugehen.

»Ich verstehe«, gibt Papa tonlos von sich.

Dies ist bisher der dunkelste Tag in meinem kurzen Leben. Ich möchte schreien: »Mama, lass mich bitte leben! In deinem Bauch ist es doch so schön warm und ich fühle mich bei dir geborgen. Alles, was du sagst, höre ich. Und vor allem möchte ich dich so gerne einmal sehen.« Aber schreien geht ja noch nicht, da ich noch keine Stimme habe. So versuche ich, so gut es halt geht, mich zu bewegen, was mich fürchterlich anstrengt. Aber ich habe damit erreicht, dass meine Mama mich sanft drückt. Das beruhigt mich ein bisschen.

Ich weiß um meine Behinderung. Nur nach außen hin erscheine ich behindert, aber innen drin bin ich wach und verstehe jedes einzelne Wort. Denn Gott erklärte mir vor Kurzem, wieso er gerade mir einen behinderten Körper gegeben hat. Verzweifelt habe ich ihn angefleht und gebeten, er soll es wieder rückgängig machen und mich damit verschonen. Aber er sagte zu mir ganz gütig: »Jonathan, ich brauche immer wieder solche Menschen wie dich, um deinen Mitmenschen zu zeigen, dass sie mir für ihre Gesundheit dankbar sein sollen. Du selbst wirst in dieser Zeit Wundervolles erleben. Sei getrost, ich werde mit dir sein.« Ich habe zu ihm gesagt: »Wenn das so ist, kann ich es verstehen.«

»Ich gebe dir die Gabe, vieles zu verstehen – deinem Alter weit voraus«, versprach er mir. Ach, der liebe Gott hat so eine wunderbare, sanfte Stimme und ich glaube ihm. Er hat mir sogar einen Namen gegeben. Jonathan soll ich heißen. Ja, Jonathan. Wie schön.

»Überlegen Sie es sich noch einmal gründlich und in aller Ruhe. Und bedenken Sie bei Ihrer Entscheidung, eine Abtreibung ist von medizinischer Seite her keine Tötung«, fährt der Arzt fort und redet immer noch auf meine Eltern ein.

»Das werden wir«, gibt mein Papa betroffen zur Antwort.

»Mama, Papa, ich bin nicht dumm. Auch wenn mein Aussehen einmal so erscheinen mag. Ich habe einen wachen Geist. Wenn ihr euch für mich entscheidet und mich auf die Welt kommen lasst, mache ich euch keine Schande. Denn der liebe Gott hat mir versprochen, er wird bei mir sein. Leider muss ich auch Schmerzen ertragen, aber ich will ganz tapfer sein – Hauptsache, ich darf eine kleine Weile leben.«

Wie jeden Morgen klingelt etwas ganz laut und ich höre meinen Papa sagen: »Du, Schatz, hast du den Wecker gehört?«

»Ja, Liebling«, gibt Mama müde zur Antwort. Das Schöne am Morgen ist jedes Mal, dass Mama mich streichelt, und das tut mir so gut. Ach würde sie doch nie damit aufhören. Gleichzeitig habe ich entsetzliche Angst, weil ich schon wieder spüre, dass meine Mama unglücklich ist. Sie ist es mehrmals am Tag und vor allem in der Nacht, wenn Papa schon lange schläft. Sicherlich, weil sie einen behinderten Jonathan bekommen soll. Jetzt höre ich, wie Papa fragt: »Wie geht es dir heute, Liebes?«

»Eigentlich ganz gut, nur – nur musste ich wieder die ganze Nacht darüber nachdenken, ob die Behinderung unseres Kindes wirklich so schwer sein wird, wie Professor Heiler es uns beschrieben hat. Ich versuchte verzweifelt in den Schlaf zu finden. Doch immer wieder spukten dieselben Gedanken in meinem Kopf herum und ließen mich nicht mehr los. Stimmen wurden laut und bedrängten mich. Wie wird es aussehen? Haben wir die Kraft, unser Kind zu pflegen, die Ausdauer, von einem Therapeuten zum anderen zu gehen? Ist unsere Liebe zueinander stark genug für die ganzen Entbehrungen, die wir auf uns nehmen müssen, oder zerbricht sie daran? Das Schlimmste sind diese schrecklichen Albträume, die mich verfolgen. Lachende Fratzen tanzen um mich herum und zeigen mit den Fingern auf mich und schreien mir immer und immer wieder dieselben, schrecklichen Worte zu: ›Abtreiben! Abtreiben! Ein Monster mit zwei Köpfen und drei Füßen wird es werden.‹ Dieses grausame Gelächter, das nicht verstummen will. Wenn ich dann endlich aufwache, friere ich schrecklich und traue mich nicht, meinen Bauch anzufassen. Dann fühle ich mich schuldig an unserem ungeborenen, unschuldigen Kind, das vielleicht spürt, wie ich von meinen Gefühlen hin- und hergerissen bin. Ach, Walter, ich habe solche Angst vor all dem Ungewissen, das auf uns zukommt.«

»Das brauchst du nicht, Schatz. Wir beide halten in allen Lebenslagen zusammen. Komm und lass dich umarmen.« Jetzt schlägt das Herz meiner Mama gleichmäßiger. Ich fühle, dass sie sich in den Armen von Papa wohl fühlt. Oh, Mama, es ist so schön mit dir und Papa zu leben.

Nach dem Frühstück höre ich Papa sagen, dass heute Sonntag ist und sie beide sich beeilen müssen, wenn sie noch rechtzeitig zur Kirche kommen wollen.

»Walter, lass uns heute nach dem Gottesdienst mit dem Priester reden und ihn um Rat fragen.«

»Ja, Gabi, das wollen wir tun.«

»Ach Walter, ich bin so froh, dich zu haben.«

»Mir geht es genauso, Liebes.«

»Jetzt muss ich aber schleunigst ins Bad, sonst kommen wir doch noch zu spät.«

»Das mach mal, Gabi.«

Oh ja, Mama, geh mit mir bitte ins Bad. Dort bist du immer besonders fröhlich und das ist so schön für mich. Im Bad singt meine Mama immer so schön. Ich kann es kaum erwarten, einmal mit ihr zusammen zu singen. Ach so – ich habe ja gar nicht daran gedacht, dass ich ja nicht besonders viel sprechen kann, wenn ich – hoffentlich – geboren werde. Na ja, es ist auch so sehr schön, wenn ich Mama zuhören darf; wirklich sehr schön. Endlich fängt sie an zu singen. »Gott ist die Liebe, er liebt auch dich«, heißt das Lied. Ist das ein schönes Lied, das du da singst. Und stell dir vor, Mama, ich habe mit dem lieben Gott schon gesprochen. Seine Stimme ist wunderbar, voller Kraft und Frieden und was er sagt, ist Wahrheit.

»Schatz, bist du so weit? Wir sollten langsam ...«, höre ich Papa rufen. Schade, jetzt hat Papa uns beim Singen unterbrochen.

»Heute fahren wir mit dem Auto, da wir sonst zu spät kommen!«, meint Papa weiter. »Ich fahr schon mal aus der Garage.«

»Ist recht, Walter! Ich komme gleich nach«, antwortet Mama.

Auto fahren ist einfach toll; da schaukelt es mich immer hin und her und das macht richtig viel Spaß. Ich bin echt gespannt, wie all die Dinge, die ich jeden Tag höre, aussehen. Ein Auto, eine Garage, oder – aber wenn ich nicht ... hoffentlich überlegen es sich Mama und Papa genau und entscheiden sich für ihren Jonathan. Ich will auch leben! Jonathan will leben! Könnt ihr das nicht verstehen? Einfach so leben, wie ich bin. Bitte, ich hab doch niemand etwas getan. Der liebe Gott hat auch gesagt, Jonathan soll leben. »Ich brauche ihn, damit die Menschen mir dankbar sind.« Ja, das hat er gesagt.

Ich möchte so gerne weinen, aber es geht immer noch nicht.

Wir sind in der Kirche. Das merke ich gleich, weil ich die Orgel spielen höre, von der Mama jedes Mal schwärmt. Was aber noch viel, viel schöner ist: Sobald wir die Kirche betreten, wird es ganz hell im Bauch meiner Mama und so kuschelig, wie sonst nie. Am liebsten würde ich immer hierbleiben. Meine Mama betet jetzt, und wenn sie das tut, hört sie niemand außer der liebe Gott – und ich. Dann bewege ich mich kein bisschen, denn ich will alles mithören, was sie zu ihm sagt.

»Ach lieber Gott, so lange habe ich mir ein Kind gewünscht. Dann wurde ich endlich schwanger – das war der schönste Augenblick in meinem bisherigen Leben. Und nun …«

Warum sprichst du nicht weiter, Mama? Bitte, ich habe solche Angst.

»… und nun wird mir gesagt, mein Kind wird krank und behindert zur Welt kommen und hat nur geringe Überlebenschancen. Ich bin so verzweifelt. Keine Nacht kann ich mehr richtig schlafen. Was soll ich nur tun. Bitte gib mir doch eine Antwort.«

Aber Mama, was meinst du damit, wenn du fragst, was du tun sollst? Halte bitte zu mir. Du bist doch der Schlüssel zu meinem Leben. Bitte, Jonathan will leben!

Meine Mama steht jetzt auf. Sie hat mit Beten aufgehört. Die Orgel spielt ganz laut und viele Menschen singen. Zu meiner Überraschung singen alle das schöne Lied, das Mama heute Morgen im Bad gesungen hatte. »Gott ist die Liebe, er liebt auch dich.« Das ist wunderschön. Der liebe Gott sagt mir durch das Lied, dass er seinen Jonathan liebt, auch wenn er behindert sein wird. Jetzt höre ich den Priester sagen: »Lasset die Kinder zu mir kommen und wehret ihnen nicht.«

Wer sagt denn so etwas Schönes, dass ihm Kinder willkommen sind? Ich habe den Namen nicht verstanden. Wie schade.

»Diese Worte sprach Jesus, mein Sohn«, spricht auf einmal wieder diese wunderbare, sanfte Stimme zu mir, die mit keiner anderen zu vergleichen ist. Nicht einmal mit der meiner Mama.

»Oh, lieber Gott, du hast aber einen lieben Sohn, wenn er so etwas Schönes sagt. Wie gerne würde ich ihm einmal begegnen.«

»Jonathan, mein lieber Jonathan, ich sage es dir noch einmal: Habe keine Sorge mehr. Du wirst geboren werden und darfst eine kurze Zeitspanne leben. Der Priester wird meinen Willen deinen Eltern noch heute mitteilen. Habe Vertrauen.«

»Ja, Vertrauen ... Vertrauen und Leben.«

Meine Mama steht nach der Predigt auf. Es wird unruhig und ich höre wie schon oft, dass viele Stimmen »Auf Wiedersehen« sagen. Auch Papa höre ich diese Worte sagen. Komisch, denke ich.

»Gabi, willst du noch mit dem Priester sprechen?«, höre ich Papa unsicher fragen.

»Ja, Walter, lass uns zu ihm nach vorne gehen.« Papa und Mama gehen mit mir zum Altar vor. Mama berichtet dem Priester alles, was in der vergangenen Woche geschehen ist. Ab und zu kann sie nicht weitersprechen, weil sie weinen muss. Ich bewege mich jetzt einfach, damit meine Mama merkt, dass Jonathan lebt. Denn der liebe Gott hat mir sein Versprechen gegeben, mich eine kleine Zeitspanne auf seiner Erde leben zu lassen. Freut euch doch alle mit mir. Mit Jonathan, der leben darf. Jetzt spricht der Priester zu meinen Eltern: »Ich kann Ihnen nur den einen Rat geben: Lassen Sie Ihr Kind das Licht der Welt erblicken, denn jegliches Leben kommt von Gott. Die endgültige Entscheidung darüber liegt aber bei Ihnen.«

Vielen Dank, du netter Priester, du hast meinen Eltern genau das gesagt, was der liebe Gott mir versprochen hatte. Was für ein wunderbarer Tag. Ich hüpfe jetzt so lange auf und ab, bis ich nicht mehr kann. Es dauert nicht lange und ich werde wie so oft sehr müde. Deshalb muss ich viel schlafen, was ich auch jetzt wieder erschöpft, aber glücklich mache.

Fünf Monate bin ich nun schon im Bauch meiner lieben Mama und es gefällt mir noch genauso gut wie am ersten Tag. Ach, liebe Mama, es ist so schön bei dir und ich will ein ganz, ganz guter Jonathan sein. In der Nacht werde ich deinen Schlaf nur stören, wenn es mir ganz schlecht geht. Hab Vertrauen zu meinem Leben. Weißt du, Mama, ich werde ja nur eine kleine Weile bei euch leben. Ja, eine Weile nur mit dir und Papa. Wie ich mich darauf schon freue.

Mamas Herz schlägt plötzlich schneller. Das tut es immer, wenn Papa nach Hause kommt. Sie sagt zu mir dann freudig: »Mein kleiner Schatz, der Papa kommt.«

Ich habe einen guten Papa. Er sagt zu meiner Mama Liebling, Schatz oder auch mal Gabi und ich fühle, wie Mama sich darüber freut. Mir gefällt allerdings am besten Mama. Weil es ganz alleine meine Mama ist – denn für meinen Papa ist meine Mama ja die Frau.

Papa hat auf dem Nachhauseweg eingekauft und ist mächtig stolz, dass er fast alles im Supermarkt gefunden hat. Mama sagt zu ihm: »Mit der Zeit wirst du dich da schon richtig gut zurechtfinden, glaube mir.«

Ja, Papa, glaube deiner Gabi. Papa stöhnt ein wenig und küsst Mama, die das sehr gerne hat. Was meinen Papa noch mehr anstrengt, ist Wäsche an den Wäscheleinen zu befestigen. Das macht er gar nicht gerne. Dazu kommt, dass Mama seine Arbeit dann begutachtet und sie jedes Mal darüber lacht. Sie sagt dann immer zu ihm: »Wie schaffst du es nur, die Wäsche so schrumpelig aufzuhängen?« Beide lachen darüber und umarmen sich ganz fest und ich bin mittendrin. Das ist einfach wundervoll. Mama sagt zu mir, wenn wir dann alleine sind und sie bügelt, dass sie doppelt so lange dazu braucht, wenn Papa die Wäsche aufgehängt hat. Sie sagt ihm das aber nicht, weil er sich doch so viel Mühe gibt. Wie lieb von Mama.

»Du, Gabi, hast du schon einen Namen für unseren Strampler?«, will mein Papa am Abend wissen.

»Ja, Walter, ich dachte an Jonathan.«

»Hm, Jonathan ist wirklich ein schöner Name. Gefällt mir echt gut.«

»Ehrlich?«, hakt Mama nach.

»Ja, ehrlich, Schatz, ein wunderbarer Name.«

»Gut, dann soll unser Junge Jonathan heißen«, sagt Mama feierlich.

Ich freue mich sehr darüber, dass ich weiter Jonathan

heißen darf, da ich mich schon so daran gewöhnt habe und vor allem, weil Gott mich bisher so angesprochen hat. Vielen Dank, lieber Gott. Danke von Jonathan.

Wie jeden Morgen geht meine Mama mit mir zum Briefkasten. Sie sagt dann immer: »Jetzt wollen wir mal zusammen nachschauen, was der Briefträger uns heute wieder gebracht hat.« In letzter Zeit bekommen wir viele Bücher zugeschickt. Mama sagt zu Papa, dass sie sich auf mich vorbereiten möchte. Stundenlang lesen beide oft darin, was dort alles über die vielen behinderten Kinder steht, die oft noch zusätzlich unterschiedliche Krankheiten erdulden müssen. Auch von dem beschwerlichen Leben ist die Rede, das diese Kinder führen. Papa liest laut aus einem Buch über Kinder vor, die mit offenem Rücken geboren wurden. Die tun mir wirklich leid.

»Guten Morgen, Uta«, höre ich gerade Mama unsere Nachbarin grüßen.

»Hallo, Gabi, wie geht's dir heute?«, will sie wissen.

»Beschwerlich. Aber so ist es wohl im achten Monat und mit diesem dicken Bauch.« Dabei drückt sie mich sanft.

Uta meint es aufrichtig, sagt meine Mama zu mir öfters, wenn wir unter uns sind. Uta verlor ihren Mann vor zwei Jahren bei einem schrecklichen Verkehrsunfall mit seinem Auto. Seitdem ist Uta alleine. Mama und Uta trinken immer wieder zusammen Kaffee – wobei meine Mama schon bald mit dem Kaffeetrinken aufgehört hat, als sie wusste, dass ich in ihr wohne. Mama und Uta weinen manches Mal zusammen. Sie trösten sich dann gegenseitig und ich spüre, wie es Mama danach leichter ums Herz wird.

Uta bewundert meine Eltern, weil sie sich für mich entschieden haben. Sie ist einer der wenigen Freunde, die sich über mich freuen. Selbst unsere Verwandten hatten zum Teil kein Verständnis für mein Leben. Einige waren empört, wie man nur so verantwortungslos handeln kann. Oder überlegten krampfhaft, ob es in unserer Verwandtschaft schon einmal ein behindertes Kind gegeben habe. Papa hat diese Leute in ihre Schranken verwiesen. Seither haben wir weniger von jenen Freunden, die eigentlich nie richtige Freunde waren, meinte Papa einmal. Er verteidigt immer mein Leben.

Meine Oma Frieda hat sich sehr über mich gefreut und ich hörte, wie sie zu Mama sagte: »Opa und ich sind immer für euch da.« Und dann spürte ich, wie Oma Frieda meine Mama in den Arm nahm. Sie ist einfach eine tolle Oma.

»Weißt du schon, wann du ins Krankenhaus musst?«, will Uta nun wissen.

»Morgen ist es so weit. Jonathans Zustand wird immer kritischer, daher rieten mir die Ärzte zur vorzeitigen Entbindung. Sie machen einen Kaiserschnitt, da Jonathan wegen seines schwachen Herzens eine normale Geburt nicht überstehen würde. Nach der Geburt entscheidet dann der Kardiologe, ob und wann sein kleines Herzchen operiert werden kann. Ach Uta, wenn nur alles gut geht. Weißt du, ich liebe meinen kleinen Schatz, auch wenn dies oftmals auf Unverständnis stößt.«

»Das hast du aber schön gesagt, Mama, und was noch schöner ist: Ich kann es ganz tief in meinem Inneren spüren. Jonathan ist bei Mama Gabi und Papa Walter willkommen. Juhu!«

»Ich denk ganz fest an euch beide«, beruhigt Uta meine Mama. Die ist wirklich lieb und jetzt streichelt mich Mama und sogar Uta. Wie gut sie doch zu mir sind.

Am nächsten Morgen klingelt wieder der Wecker. Mama erschrickt und setzt sich ruckartig auf. Dies schmerzt uns beide. Wir hatten eine unruhige Nacht. Mama konnte nicht schlafen, ihr Herz schlug die ganze Nacht sehr schnell und damit auch meines, das mir gerade sehr wehtut.

»Walter?« Mein Papa gibt keine Antwort, weil er schon vor einer Weile aufgestanden ist. Ich habe ihn gehört, wie er ganz leise hinausgeschlichen ist. Bestimmt hat er wieder das Frühstück für uns vorbereitet – das freut Mama immer besonders.

Die Tür wird hastig geöffnet und Papa fragt etwas besorgt: »Hast du gerufen, Gabi?«

»Ja, ich – ich habe schreckliche Angst.« Papa setzt sich auf das Bett, das merke ich genau, weil ich dann ein Stückchen tiefer liege.

»Es wird gut gehen, Gott wird mit uns sein«, tröstet er Mama. Woher weiß das mein Papa? Hat er mit ihm etwa auch schon gesprochen? Vielleicht erfahre ich es einmal. Mama steht jetzt ganz vorsichtig mit mir auf.

Kurze Zeit später fahren wir mit dem Auto los. Während der Autofahrt höre ich immer wieder das Wort Krankenhaus. Es ist ja nur logisch, dass wir dort hinfahren, da ich ja krank bin. Mir geht es heute nicht besonders gut. Mein Herz schlägt zick-zack. Ich werde auf einmal sehr müde und schlafe ein.

Nach einer Weile wache ich plötzlich auf. Irgendetwas Fremdes packt mich an den Schultern und es wird schrecklich kalt. Viele fremde Stimmen höre ich hektisch durcheinanderreden. Eine davon kenne ich sogar. Nämlich die von Professor Heiler.

Was will denn der schon wieder von mir? Oh nein, die trennen mich von meiner Mama, holen mich aus meiner vertrauten Umgebung, in der ich mich bisher so geborgen fühlte! Nein, das dürft ihr nicht tun! Wir gehören doch zusammen. »Lieber Gott, mach dies bitte wieder rückgängig!« Mir wird es ganz schwindelig. Die Ärzte rufen immer wieder, dass jede Sekunde zählt. Ich nehme meine ganze Kraft zusammen und öffne für einen Augenblick meine müden Augen. Zuerst sehe ich gar nichts. Alles ist so grell und ungewohnt. Aber dann kann ich sie sehen. Meine liebe Mama – sie liegt ganz blass und erschöpft da und schläft. Wie wunderschön doch meine Mama ist. Oh, lieber Gott, für diesen Augenblick hat es sich schon gelohnt zu leben. Vielen Dank. Eilig werde ich in einen anderen Raum hinausgebracht. Auf Wiedersehen, Mama. Bis bald. Ich überlege mir gerade, warum ich mich so schlecht fühle. Seit sie mich von meiner Mama getrennt haben, bekomme ich kaum noch Luft.

Aber dann fällt es mir gleich wieder ein. Der liebe Gott hat es mir doch gesagt, dass ich eine kurze Zeitspanne krank und behindert sein werde und nur ein paar einzelne Wörter sprechen kann. Ja, so war es. Das sagte er zu mir, seinem Jonathan.

Jetzt legen sie mich in einen Glaskasten auf etwas ganz Weiches. Dort ist es mollig warm. Wie gut das tut. Ich höre, wie eine der Schwestern sagt, dass man mich schnell an den Sauerstoff anschließen muss. Sie machen an meiner Nase herum, was mir ein wenig Angst macht. Aber das war völlig unnötig. Ich bekomme auf einmal wieder genauso viel Luft wie im Bauch meiner Mama. Ich will sie rufen, versuche meinem Mund zu öffnen, aber es kommt kein Ton heraus. Nur ein schwaches Wimmern stiehlt sich über meine Lippen. Wie schade, ich versuche es einfach später noch einmal. Dieselbe Schwester sagt jetzt zu einer anderen: »Was für ein armes Geschöpf und so missgebildet. Wie können Eltern so etwas zulassen?«

»Da haste wirklich recht, Else. Ich sage immer wieder: Man muss Gott wirklich dankbar sein, wenn man gesunde Kinder haben darf«, antwortet die andere.

Oh, lieber Gott, du hattest recht, freue ich mich. Die sind dir wirklich dankbar, wenn sie mich sehen. Dass mein erster Tag auf dieser Welt so schön sein wird, hätte ich nie gedacht. Zuerst darf ich meine liebe Mama sehen und dann hören, wie die Leute Gott dankbar sind, wenn sie mich sehen. Ich spüre, wie in meinen Körper immer wieder etwas Spitzes hineingeschoben wird, was sehr wehtut. Irgendetwas befestigen sie an meinem

Kopf und stecken mir einen weichen Schlauch in den Mund. Dann wird es mir plötzlich ganz leicht. Die vielen Stimmen verblassen und entfernen sich immer weiter von mir. Ich schlafe ein. Das erste Mal in meinem Leben ohne meine Mama.

Auf einmal wird es ganz hell und ein Mann erscheint mir im Traum. Sein Gesicht hat denselben Ausdruck wie bei meiner Mama – aber noch viel schöner.

»Bist du es, lieber Gott?«, frage ich.

»Nein, kleiner Jonathan, ich bin Jesus, Gottes Sohn.«

»Oh, ist das schön. Ich habe schon von dir etwas gehört. Du hast einmal gesagt: Lasset die Kindlein zu mir kommen und wehret ihnen nicht, stimmt's?«

»Ja, Jonathan, das stimmt. Jonathan, mein Vater hat mir den Auftrag gegeben, zu dir zu gehen und dir etwas aus meinem Leben zu berichten.«

»Oh, ist das schön, Herr Jesus. Das ist so schön. Vielen Dank.«

»Nun, Jonathan, lass dir erzählen: Gott, mein Vater, hat alles durch sein Wort geschaffen. Die Erde und die vielen Tiere, die darauf leben. Sieh hinter mich, dann kannst du einige davon sehen. Schau, da sind Pferde, Schafe, Kühe, die auf der großen Weide leben und das saftige Gras fressen. Blick einmal nach oben in den blauen Himmel, dort zieht ein Adler seine Kreise.«

Ich darf noch vieles mehr sehen. Wunderschöne Blumen in den verschiedensten bunten Farben. Und große, mächtige Bäume, in denen kleine Vögel nisten.

»Wie schön das alles ist«, staune ich. »Das hat der liebe Gott aber wunderbar gemacht.«

»Ja, Jonathan, das erkennst du richtig. Und als Gott alles zu seiner Zufriedenheit erschaffen hatte, machte er sich daran, das Schwierigste zu formen – nämlich den Menschen. Er sprach zu mir und seinen Engeln: ›Lasset uns Menschen machen, ein Bild, das uns gleich sei, die da herrschen über die Fische im Meer und über die Vögel unter dem Himmel und über das Vieh und über alle Tiere und über alles Gewürm, das auf Erden kriecht.‹ Zuerst schuf er Adam und dann Eva, die sich sehr liebten. So wie dein Papa und deine Mama sich lieben.«

»Ja, die lieben sich sehr und sie lieben mich, ihren Jonathan. Das ist für mich so wundervoll und macht mich sehr glücklich.«

»Das weiß ich, mein kleiner Freund. Nun stellte Gott Adam und Eva in den Garten Eden, wo sie keine Sorgen hatten und den ganzen Tag tun konnten, was sie wollten. Nur ein Gebot mussten sie einhalten: Sie durften die Früchte vom Baum der Erkenntnis nicht essen, der mitten im Garten stand.

Eines Tages kam mein Vater enttäuscht in den Himmel zurück. Wie jeden Tag hatte er Adam und Eva besucht. Diesmal stellte er fest, dass die beiden von der Frucht jenes Baumes gegessen hatten. Daraufhin mussten sie den Garten Eden für immer verlassen. Die Menschen waren sehr traurig darüber und weinten bitterlich über ihr Fehlverhalten. Auch alle Engel im Himmel waren darüber traurig. Ab diesem Zeitpunkt besuchte sie Gott nicht mehr. Und seit diesem Vorfall durfte ihn kein Mensch mehr sehen. Bis zum heutigen Tag. Nach vielen hundert Jahren rief mich mein Vater zu sich und gab mir den Auftrag, den Menschen die Erlösung zu bringen und ihnen dadurch die Möglichkeit zu geben, ihn, den Allmächtigen, einmal wiedersehen zu dürfen. So, mein lieber Jonathan, das genügt für das Erste. Du musst jetzt aufwachen, deine Eltern warten schon seit zehn Wochen darauf. Sie waren jeden Tag bei dir und haben dich besucht. Also, mach deine Augen auf. Ich werde zu einem späteren Zeitpunkt wieder zu dir kommen und dir erzählen, was ich alles auf der Erde erlebt habe.«

»Darauf freue ich mich, lieber Herr Jesus. Am liebsten würde ich gleich mit dir gehen und immer bei dir bleiben.«

»Die Zeit wird kommen. Aber vorerst wirst du hier gebraucht.«

»Ja, gebraucht. Vertrauen und leben.«

»Schau Walter, unser Schatz macht endlich seine Augen auf«, höre ich meine Mama aufgeregt sagen. Sie streichelt mich überall, wo die Schläuche und Pflaster nicht im Weg sind.

Wie ich deine Stimme vermisst habe, liebe Mama. Könnte ich reden, würde ich dir sagen, dass du die allerbeste Mama der Welt bist, weil du mir geholfen hast, in das wunderbare Leben einzutreten.

»Hoffentlich bekommt unser Kleiner bald die vielen Schläuche abgemacht. So gerne möchte ich ihn in meine Arme schließen«, sagt mein Papa, was ich mir genauso wünsche.

»Das kommt auch noch. Wir brauchen alle noch etwas Geduld«, tröstet ihn Mama.

Zum ersten Mal sehe ich durch mein Glasbettchen meinen Papa und ich höre meine Mama sagen: »Schau, Walter, Jonathan lächelt dich an. Er freut sich richtig. Mein Gott, wie süß er ist.«

»Ja, das ist er«, antwortet Papa leise und berührt mich ganz vorsichtig an der Nasenspitze. Das sind also meine Eltern, bei denen ich nun einige Zeit bleiben darf. Ich freue mich schon riesig darauf, wenn ich mit ihnen nach Hause gehen kann. Hoffentlich dauert es nicht mehr allzu lange.

Endlich ist es so weit. Der große Tag ist gekommen. Nach langen sechs Monaten darf ich endlich mit meinen Eltern nach Hause. Ich habe mich sehr angestrengt, dass es mir besser geht. Nur noch in der Nacht brauche ich den kleinen Schlauch in der Nase, der mir das Atmen leichter macht. Alle anderen Schläuche, die mir so wehgetan haben, sind weg. Ich kann seit längerem Brei und geriebenes Obst essen. Das mag ich sehr. Professor Heiler sagte zu meinen Eltern, bevor er uns gehen ließ: »Sie müssen einmal im Monat hier mit Jonathan erscheinen und sobald er kräftig genug ist, werde ich persönlich sein Herz operieren. Bevor sie jetzt gehen, möchte ich Ihnen noch Genaueres über den Zustand Ihres Kindes berichten: Jonathans Herz befindet sich in der rechten Brustseite. Die linke Herzklappe schließt nicht korrekt. Bevor dieser komplizierte Eingriff gemacht werden kann, muss Jonathans

Hauptschlagader, die eine Verengung vorweist, durch einen Herzkatheter ausgedehnt werden.« Auch ermahnt er meine Eltern mit Nachdruck, mir all die Arznei pünktlich zu verabreichen, die er auf einer Menge von Zetteln aufgelistet hat. »Sie dürfen dies unter keinen Umständen versäumen.«

Zum Abschied hat der Herr Professor meine rechte Hand in die seine genommen und sie gestreichelt. Ich schaue ihm dabei das erste Mal in die Augen. Er nickt mir zu und ich sehe eine Träne in seinen braunen Augen. Ich fühle, dass er mich in den vielen Wochen lieb gewonnen hat. Fast jeden Tag stand er an meinem Bett und schaute, wie es mir geht. »Na, mein Kleiner«, sagte er dann, »wir beide schaffen es zusammen. So ein tapferes Kind mit solch einem Lebenswillen habe ich noch nie erlebt.« Ich mag ihn in der Zwischenzeit. Er ist ein guter Mensch, auch wenn er mir am Anfang viel Angst gemacht hat.

Jetzt kann ich es aber kaum noch erwarten, nach Hause zu kommen.

Wir verlassen mein Zimmer auf der Kinderstation, wo uns weitere Ärzte und Schwestern alles Gute wünschen.

»Wir nehmen den Aufzug«, sagt gerade mein Papa zu meiner Mama, die nur mit dem Kopf nickt und ihren liebevollen Blick nicht von mir lässt. Im Aufzug befindet sich außer uns noch ein anderer Fahrgast. Die alte Dame schaut zu uns herüber und lächelt wohlwollend.

»Ach, was für ein süßes Baby«, sagt sie und schenkt

uns allen ein charmantes Lächeln. »Wie alt ist Ihr Töchterchen denn?«

»Es ist ein Junge und er ist gerade mal sechs Monate alt«, gibt meine Mama zur Antwort.

»So, so, also ein Junge. Na ja, Hauptsache gesund.«

Mama erzählt ihr nicht, dass ich behindert bin. Die Leute löchern sie dann oft mit gefühllosen Fragen, wollen alles wissen, um wieder Gesprächsstoff zu haben. Mama sagt oftmals, dass viele nur aus Neugier fragen, nicht aus ehrlicher Anteilnahme. »So sind sie halt«, sagt Papa dann. Mir wäre es lieber, meine Eltern würden es sagen, damit die Leute sich freuen können, dass sie nicht so sein müssen wie ich. Na ja, vielleicht bei der nächsten Begegnung.

Der Aufzug ist nun unten angekommen. Meine Eltern wünschen der lustigen Dame, die mich für ein Mädchen gehalten hat, noch einen schönen Tag. Zusammen verlassen wir durch eine große Drehtür das Krankenhaus.

Das erste Mal darf ich in den Himmel blicken. So schön blau, genau wie ich ihn bei der Begegnung mit Jesus gesehen habe.

Mein Papa trägt mich jetzt ganz vorsichtig zum Auto und lässt mich dabei keine Sekunde aus den Augen. Mama muss ihn zweimal ermahnen, doch auf den Weg zu achten. Endlich sind wir an unserem Auto angekommen. So hätte ich es mir nie vorgestellt. Wie lustig, denke ich. Aber dieses Mal gefällt mir die Fahrt nicht besonders. Alles rast an mir vorbei. Lärm überfällt mich von allen Seiten und es riecht so komisch. Im Bauch meiner Mama war dies ganz anders. Viel gedämpfter. Das Schöne aber ist, dass meine Mama mir während der ganzen Heimfahrt meine Hand hält und mir in die Augen schaut. Alle Angst verfliegt. Ich bin so gespannt auf mein Zimmer. Ich soll dort ein schönes Bettchen haben. Meine Mama erzählt mir von all den schönen Spielsachen, die mein Opa schon für mich gekauft hat. Gerne hätte ich noch mehr erfahren, aber ich bin so schrecklich müde geworden und schlafe ein.

In meiner ersten Nacht zu Hause geht es mir nicht besonders gut. Mama kommt immer wieder in mein schönes Kinderzimmer und schaut nach mir. Sie ist besorgt um mich. Sanft streichelt sie jedes Mal über meinen Kopf und flüstert kaum hörbar: »Ach, mein kleiner Liebling, ich bin so dankbar, dass ich dich habe.« So gerne hätte ich sie angeschaut, aber meine Augen wollen einfach nicht aufgehen, obwohl ich mir alle Mühe gebe.

Meistens bin ich schon wach, bevor morgens Papas Wecker läutet. Mama möchte gerne einen anderen Wecker haben, da sie jeden Morgen bei dem lauten Gebimmel erschrickt. Da hat sie recht, denn als ich noch in ihrem Bauch war, habe ich mich auch immer bei diesem Getöse erschrocken.

Nun steht Papa endlich auf. Das höre ich daran, dass er fürchterlich stöhnt und dann immer sagt, wie müde er noch ist. Oh, Papa, ich wünsch dir, dass du mal morgens nicht müde bist und deiner Gabi einen leiseren Wecker kaufst, damit meine Mama nicht immer so einen Schreck bekommt.

Ganz vorsichtig wird meine Tür geöffnet. Es ist Mama, die wie jeden Morgen die Rollläden nach oben zieht.

»Guten Morgen, mein kleiner Schatz. Hast du gut geschlafen? Schau, wie schön die Sonne scheint.« Ich drehe etwas den Kopf in ihre Richtung. Nicht wegen der Sonne, die wirklich wunderschön ist; nein, diese Anstrengung unternehme ich, weil ich meine Mama endlich wiedersehen möchte, die ich jede Nacht schrecklich vermisse.

»Du bist ja noch ganz müde, Jonathan. Komm, ich mache dir eine frische Windel.« Vorsichtig holt mich Mama aus meinem Bettchen und küsst mich auf beide Wangen. Eine ganze Weile drückt sie mich an sich. Es gibt für mich nichts Schöneres – außer, wenn mir Jesus im Traum begegnet. Vorsichtig legt sie mich auf meine Wickelkommode und betrachtet mich genauestens, ob sie an mir irgendeine Veränderung entdeckt. Jedes Mal legt sie ihr Ohr an mein Herz, das morgens meist ganz vernünftig schlägt. Mit meinen Händen greife ich ihr dann in das dichte, lange Haar oder versuche ihre Nase zu berühren. Wir lachen viel dabei. Der Morgen ist meine stärkste Phase. Gegen Abend schlägt mein Herz ganz unruhig und tut dann immer mehr weh. Manches Mal muss ich deshalb sogar weinen, was meine Eltern sehr beunruhigt. Schon des Öfteren musste Doktor Müller, mein Kinderarzt, vorbeischauen und mir eine Spritze geben. Diese verabreicht er mir nach Anweisung von Professor Heiler, der mich ja einmal im Monat sehen möchte. Auf diesen Besuch freue ich mich immer.

Nach dem Frühstück zieht mir Mama warme Kleidung an und sagt zu mir: »Mein kleiner Jonathan, heute gehen wir ein bisschen spazieren.« Darüber freue ich mich besonders, weil ich dann in den blauen Himmel schauen kann, den der liebe Gott so wunderbar für seine Menschen geschaffen hat. Wenn kein Wind geht, klappt sie das Verdeck vom Kinderwagen ganz herunter. Sie weiß, dass ich das mag, weil ich dann mit meinen Händen rudere und ein paar spärliche Laute von mir gebe.

»Oje, auch das noch«, sagt Mama plötzlich und ich merke an ihrem Tonfall, dass irgendetwas Unangenehmes auf uns zukommt.

»Ah, guten Morgen, Frau Wiesner, endlich treffe ich Sie einmal. In den vergangenen Monaten hat man Sie gar nicht mehr gesehen.«

»Guten Morgen, Frau Konklevski«, antwortet meine Mama knapp.

»Die Leute erzählen so manches über Sie«, schnattert Frau Konklevski mit ihrer schrillen Stimme weiter. »Wussten Sie wirklich darüber Bescheid, dass Sie ein behindertes Kind bekommen? Ich sagte gleich zu Frau Strobel: Nie und nimmer. Die Wiesners, sage ich, sind doch moderne junge Leute, die sicherlich über die verschiedenen Möglichkeiten wissen, so ein krankes Ding rechtzeitig abzutreiben. Nicht wahr, Frau Wiesner?«, redet sie auf Mama in einem Atemzug ein.

»Wir wussten wohl Bescheid, Frau Konklevski. Und ob Sie es glauben oder nicht: Mein Mann und ich würden es wieder tun. Einen schönen Tag noch.« Ohne noch ein weiteres Wort zu verlieren manövriert Mama meinen Kinderwagen geschickt an Frau Konklevski vorbei, die uns mit offenem Mund kopfschüttelnd nachschaut. Das hatte gesessen.

»Oh, allerbeste Mama, ich würde dich und Papa auch wieder als Eltern auswählen. Ja, das würde ich.« Während Frau Konklevski redete und redete, ließ ich sie nicht aus den Augen. Ich stellte fest, dass sie mich, das »Ding«, kein einziges Mal angeschaut hat. Kein einziges Mal. Sie gehört wohl zu solchen Personen, die nicht dankbar sind, wenn sie mich sehen, und sich auch nicht darüber freuen – schade. Vielleicht braucht sie nur noch etwas Zeit dazu. Oder muss mich einfach bei der nächsten Gelegenheit anschauen. Ja, das könnte klappen, denke ich. Dann freut sie sich bestimmt auch.

Am Abend berichtet Mama alles meinem Papa, der ein paar unschöne Worte über Frau Konklevski äußert. Er beruhigt sich aber wieder schnell, da ich anfange zu weinen. Das hilft immer, wenn Unfriede bei uns ist.

Wie jeden Abend betet meine Mama mit mir, bevor ich einschlafe. Wir sagen dem lieben Gott Danke für den durchlebten Tag und bringen unsere Bitten und Fürbitten vor ihn. Ich freue mich schon jeden Abend darauf. Danach streichelt Mama mich noch eine Weile, was mich sehr glücklich macht.

»Jonathan, morgen ist ein ganz, ganz großer Tag für dich«, sagt sie richtig geheimnisvoll zu mir. »Du hast morgen deinen ersten Geburtstag. Es wird ein schönes Fest für dich werden. Verwandte und Freunde werden kommen und sich mit uns darüber freuen. Stell dir vor,

Papa hängt bunte Lampions und Luftballons im Garten auf und ich backe leckeren Kuchen für meinen kleinen Schatz.«

Das ist aber lieb von euch, vielen Dank. Ich kann aber jetzt nicht mehr weiter zuhören, was meine Mama mir noch alles erzählt. Mir klappen einfach die Augen zu und ich falle in einen tiefen Schlaf. Ich war noch nicht lange eingeschlafen, als mir wieder dieses helle, reine Licht im Traum erscheint. Ich ahne, wer mich besuchen kommt.

»Hallo, Jonathan, kennst du mich noch?«

»Natürlich, du bist Jesus. Schon lange habe ich gehofft, dich einmal wiedersehen zu dürfen. Danach bin ich immer so glücklich!«

»Ich weiß, mein kleiner Freund. Du feierst ja morgen deinen ersten Geburtstag und da wollte ich dir eine kleine Freude bereiten.«

»Ja, das freut mich sehr. Es ist das größte Geschenk zu meinem Geburtstag, das ich mir vorstellen kann.«

»Du hast ein gutes Herz, Jonathan, und das ist im ganzen Himmel bekannt. Bis deine Eltern zu dir kommen, werde ich dir erzählen, wo ich geboren bin.

Meine Mama hieß Maria. Gott, mein himmlischer Vater, hatte sie für mich ausgesucht. Er legte mich in ihren Bauch und sie hat mich geboren. Mein ›Vater‹ hieß Josef und war Zimmermann. Kurz vor meiner Geburt mussten meine ›Eltern‹ dringend nach Bethlehem gehen, um sich zählen zu lassen. Dort hielten sich viele Menschen auf.

Es war schon dunkel, als wir in Bethlehem ankamen. Maria und Josef suchten eine Unterkunft, aber alle waren überfüllt. Dann setzten bei Maria die Wehen ein und meine Geburt stand bevor. Verzweifelt klopfte mein ›Vater‹ bei einer weiteren Herberge an. Der Wirt war sehr freundlich und bedauerte herzlich, dass bei ihm auch alles überbelegt sei. Er überließ uns aber seinen kleinen Stall, in dem ich dann geboren wurde.«

»Das tut mir aber leid. Da habe ich es ja viel besser gehabt als du, Herr Jesus. Ich wurde in einem Krankenhaus geboren. Ärzte und Schwestern haben sich ständig um mich bemüht und meine Eltern durften mich immer besuchen.«

»Ja, ich habe dies wohl gesehen. Du hast gute, gläubige Eltern, die Gott vertrauen. Mein Vater hat sie für dich ausgesucht.«

»Oh, ist das aber lieb von ihm. Sag deinem Vater, dass ich ihm herzlich dafür danke.«

»Das weiß er. Aber ich sage es ihm gerne auch noch einmal. Einen kleinen Augenblick kann ich bei dir noch bleiben und dir noch ein bisschen von mir erzählen.«

»Ja, bitte.«

»Ich hatte eine unbeschwerte Kindheit. Oft durfte ich Josef in seiner Werkstatt helfen. Als ich älter war, hütete ich unsere Schafe und die unserer Nachbarn. Gott, mein Vater, war immer und allezeit bei mir. Eines Tages war ich mit den Schafen eine halbe Tagesreise von Nazareth entfernt. Dort in den fruchtbaren Tälern fand die Herde reichlich Nahrung. Ich setzte mich auf einen Felsvorsprung und freute mich über die

Lämmer, die ausgelassen umherhüpften. In dieser friedvollen Stille spürte ich tief in meiner Seele einen Abschiedsschmerz und wusste, dass dies meine letzte Nacht hier sein würde – unwiderruflich. Die dunklen Wolken, die sich im Laufe des Tages zusammengezogen hatten, wurden in jener Nacht von einem milden Wind auseinandergetrieben und unzählige Sterne traten hervor. Sie leuchteten nicht nur, sondern glitzerten und funkelten auf eine besondere Weise. Während meiner Betrachtung vom Himmelszelt legte sich das Wort Gottes auf mich und Gott offenbarte sich mir mit den Worten: ›Mein Sohn, die Zeit ist nun gekommen, den Menschen die Frohe Botschaft zu bringen, dass ich, der Allmächtige, mich durch dein Opfer mit ihnen versöhnen will.‹ Gleich am nächsten Tag habe ich mein Dorf verlassen. Maria und Josef weinten. Sie wussten von meiner Herkunft und meinem Auftrag. Auch, dass ich nicht ihr leibliches Kind war. Sie erkannten, dass ich Gottes Sohn bin.

So, Jonathan, deine Eltern sind auf dem Weg zu dir, um dich zu deinem Geburtstag zu beglückwünschen. Heute und für weitere Wochen wirst du so viel Kraft von mir erhalten wie nie zuvor. Du wirst viel Freude erleben an deinem Ehrentag.

Aber bald wirst du eine Zeit lang wieder ins Krankenhaus müssen, damit dein Herz operiert werden kann. Hab weiterhin Vertrauen.«

»Ja, aber geh bitte noch nicht, Jesus, ich …«

»Wenn die Zeit gekommen ist, komme ich wieder, Jonathan.«

»Da freue ich mich schon riesig darauf. Bis bald, Herr Jesus.«

Leise wird meine Tür geöffnet. Meine Eltern stehen vor meinem Bett. Wie von selbst öffnen sich meine Augen. Alle Müdigkeit ist wie weggefegt. Seid ich geboren worden bin, habe ich mich noch nie so kräftig gefühlt. Endlich kann ich mir meine Eltern einmal ganz genau anschauen.

»Unser Geburtstagskind ist heute ja ganz munter. Wenn ich da an gestern denke ...«, freut sich mein Papa.

»Ja, Walter, zum rechten Augenblick«, antwortet Mama überglücklich.

Ihr könnt es ja nicht wissen, dass ich heute Nacht eine Begegnung mit Jesus hatte, der mir diese Kraft geschenkt hat. Ich wünschte, ihr könntet ihn auch einmal sehen, dann würdet ihr vieles verstehen.

»Wir singen dir als Erstes ein kleines Lied, mein Schatz«, sagt Mama und nickt Papa Walter aufmunternd zu, der sich zuvor noch zweimal räuspern muss. Nun beginnen sie von Herzen zu singen.

»Wie schön, dass du geboren bist, wir hätten dich sonst sehr vermisst.«

Ja, mir geht es mit euch genauso. Vielen Dank für dieses rührende Lied. Mein Papa macht sich vorsichtig daran, meinen Luftschlauch von meiner Nase zu entfernen. Geschickt holt er mich aus meinem schönen Bett und küsst mich, was er nicht so oft macht.

»Alles Liebe und Gute zu deinem Geburtstag, mein kleiner Schatz. Ich wünsche dir, dass du dich bei uns immer wohlfühlst.«

Danke, Papa, das hast du wirklich schön gesagt und ich weiß, du meinst es auch so. Gerne würde ich es dir sagen, aber ich kann ja nicht reden. Jetzt reicht er mich meiner Mama, die schon ungeduldig die Arme nach mir ausstreckt. Ich habe heute die Kraft, ihr meine Arme entgegenzustrecken, was sie sehr rührt.

»Schau, Walter, unser Geburtstagskind streckt seine Ärmchen nach mir aus. Mein kleiner Liebling, alles, alles Liebe zu deinem ersten Geburtstag, Gottes Segen – und ich wünsche dir und uns, dass noch viele folgen mögen.«

Ja, Mama, noch eine kleine Weile werde ich bei euch sein dürfen. Noch eine Weile. Sie drückt mich ganz fest an sich und ich höre ihr Herz klopfen und ich weiß, es schlägt für mich, für ihren Jonathan. Dann macht Mama mich wieder ganz frisch.

»So, jetzt gehen wir aber hinüber ins Esszimmer. Dort wartet eine Überraschung auf dich, mein Schatz«, sagt Mama und läuft mit mir und Papa aus meinem Zimmer.

Im Esszimmer ist alles wunderbar geschmückt. Eine große Kerze flackert an meinem Platz. Viele Blumen stehen auf dem Tisch, es duftet nach Kuchen und alles ist so schön bunt geschmückt. Was mich aber noch mehr freut – Oma Frieda und Opa Karl sind auch da. Sie strahlen mich herzlich an. Ich mag sie besonders gern. Mein Opa macht gerne Witze und lacht dann immer laut darüber. Vor Kurzem sagte er zu mir, wie schön es doch sei, dass er jetzt nicht mehr der Einzige in der Familie ist, der eine Glatze hat. Oma hat ihn dann ausgeschimpft, aber ich fand es lustig. Seither hat er sich nicht mehr getraut, das zu mir zu sagen. Eigentlich schade, da es ja stimmt.

»Da kommt ja unser Geburtstagskind«, sagt Oma Frieda und entwendet mich einfach meiner Mama. Eigentlich wollte ich lieber bei ihr bleiben, weil ich doch ihr Herz so gerne schlagen höre. Dann weiß ich nämlich, wie es ihr geht. Oma meint es ja nur gut, wenn sie mich so hin und her schaukelt. Eine Weile lasse ich sie einfach machen, weil sie so viel Freude dabei hat. Wenn ich dann genug habe, weine ich einfach ein bisschen. Nur so viel, bis Mama mich wieder an ihr Herz drückt. Dann geht es mir gleich wieder besser.

»Frieda, schaukle unseren Enkel nicht so arg. Er wird davon noch seekrank. Sieh doch, wie blass Jonathan um die Nase wird«, neckt Opa Karl meine Oma. Dabei kitzelt er mich an der Nase und lacht sein fröhliches Lachen, das ich ihm mit einem kurzen Lächeln honoriere. Oh, Opa, du bist immer so lustig!

»Also, Karl, ich bitte dich!« Streng schaut Oma Frieda Opa an, was ihn nicht abhält, mich noch einmal anzugrinsen.

Am Nachmittag klingelt es laufend an unserer Haustüre. Immer mehr Besucher kommen zu meinem ersten Geburtstag. Sie alle bringen mir viele Geschenke, was mich sehr freut. Nur wenige wünschen mir alles Gute. Ich ernte bedauernde Blicke, merke Angst oder gar Abneigung. Unter den Gästen befindet sich auch meine Tante Mathilde mit ihrem Sohn Felix. Dieser drückt mir sofort einen grellgelben Plastikball in die Arme.

Leider kann ich ihn nicht festhalten und er fällt auf den Boden. Felix lacht mich aus und zeigt mit dem Finger auf mich: »Der kann nicht einmal den kleinen Ball halten, Mama!«

»Felix, benimm dich bitte«, ermahnt ihn Tante Mathilde halbherzig über die Schulter hinweg und wendet sich gleich wieder Onkel Gustav zu.

Felix geht schon in die zweite Klasse. Er kann lesen und schreiben, was ich ganz toll finde. Das hat er mir schon vor Längerem bei seinem ersten Besuch gesagt. Wenn Felix unbeobachtet ist, ärgert er mich immer wieder. Manches Mal streckt er mir die Zunge heraus. Oder er zieht mit beiden Zeigefingern seine Mundwinkel auseinander und verdreht dabei die Augen, was mich traurig macht. Wenn es mir zu viel wird, weine ich einfach. Dann kommen gleich Mama oder Papa und schauen nach mir. Sie nehmen mich auf den Arm und trösten mich. Ich bin dann froh, wenn ich Felix nicht mehr ausgesetzt bin. Na ja, vielleicht ändert er sich ja noch. Ich würde mich für ihn sehr freuen. Gerade klingelt es wieder an der Tür. Mama nimmt mich auf dem Arm mit zur Haustüre und öffnet sie. Zu meiner großen Freude steht Uta vor der Tür. Sie wünscht mir alles Gute und drückt mir einen Kuss auf die Wange. Wie nett sie doch ist. Sie hat ein Päckchen in der Hand und reicht es Mama, die sich für mich herzlich bedankt.

»Komm doch auf einen Kaffee herein, Uta«, fordert Mama sie auf.

»Ein andermal gerne, Gabi.« Sie verabschiedet sich

rasch von uns und geht wieder. Schade, sie wäre mir viel lieber gewesen als Felix und die meisten Verwandten. Ich freue mich schon sehr darauf, wenn Uta ihr Versprechen einlöst.

Eine Woche nach meinem Geburtstag fahren wir wieder einmal zur Uniklinik. Dort werde ich von Professor Heiler gründlich untersucht. Meine Mama darf bei allen Untersuchungen dabei sein, was sehr lieb vom Professor ist. Mit einem grünen Band vermisst er meinen ganzen Körper; das finde ich sehr lustig. Wir alle lachen viel dabei.

»Gleich haben wir es geschafft, Jonathan. Ich will mir nur noch dein Herz anhören«, lächelt er mir zu. »Seit der letzten Untersuchung hat sich nichts verschlechtert. Jonathan ist jetzt kräftig genug, dass wir sein Herz operieren können. Nächste Woche, Montag, werden wir den Eingriff vornehmen.« Professor Heiler erklärt meiner Mama mit vielen Fachausdrücken, die ich nicht behalten kann, wie alles verlaufen soll. Wenn keine Komplikationen auftreten, darf ich nach ein paar Wochen schon wieder nach Hause.

»Wir beide schaffen das, Jonathan.« Ich rudere zur Antwort mit meinen Armen.

»So ist es recht, mein Junge.« Mit diesen Worten verlässt der Professor uns beide und wir dürfen vorerst wieder nach Hause.

Es ist so weit. Mama hat schon am Abend zuvor ihre große Tasche gepackt, die Papa jetzt zum Auto schleppt und dort verstaut. Mama wird einige Tage bei mir im Krankenhaus bleiben, was Papa versteht und mich sehr beruhigt. Papa wird in dieser Zeit seine liebe Gabi und mich sehr vermissen, hat er ihr noch gestern gesagt. Zu mir sagte er noch, dass ich ganz schnell wieder gesund werden soll und wir alle bald wieder als Familie zusammen sein können. Das ist auch mein Wunsch, Papa, und ich hoffe, es erfüllt sich bald.

Alle Behindertenparkplätze an der Klinik sind besetzt. Ein Auto parkt auf so einem ausgewiesenen Platz und hat keinen Berechtigungsausweis an der Scheibe liegen. Papa ärgert sich darüber. Vielleicht hat der Fahrer es in der Eile auch nur vergessen, kommt es mir in den Sinn.

Trotz allem Ärger findet Papa noch einen anderen Parkplatz, der nicht allzu weit von der Klinik entfernt ist. Von dort überqueren wir eine breite Straße und kommen unaufhaltsam dem grauen Betonklotz mit seinen vielen Glasfenstern näher. Papa trägt die große Reisetasche und Mama trägt mich. Ich spüre das leichte Zittern, das durch ihren Körper läuft. Sie hat Angst und diese Angst überträgt sich sofort auf mich. Sie sorgt sich um mich, sie liebt ihren Jonathan.

Wir fahren mit dem Aufzug in den vierten Stock, wo sich die Kinderklinik befindet. Hier ist viel los. Ich sehe ein Kind im Rollstuhl, das einen dicken Verband um den Kopf trägt und laut weint. Die Schwester redet auf das Mädchen nicht gerade beruhigend ein, was ihr Weinen nur verstärkt.

Wo ist ihre Mama? Warum ist sie nicht da? Sie tut mir so leid. Ich weine ein wenig darüber und Mama beruhigt mich und gibt mir meinen Schnuller, auf den ich eigentlich gar keine Lust habe.

An der Aufnahme wartet schon eine nette Krankenschwester, die uns gleich in ein helles, sonniges Zimmer führt. Dort stehen viele Geräte um ein kleines Bett. Ein zweites steht etwas abseits an der Tür.

»Hier ist Jonathans Zimmer«, erklärt sie meinen Eltern. »Nach der Intensiv wird er hier überwacht. In diesen Schrank können Sie Ihre Sachen einräumen, Frau Wiesner.«

»Gut«, antwortet meine Mama.

»Sie haben noch eine viertel Stunde Zeit, sich von ihrem Kind zu verabschieden, dann muss ich Jonathan auf die OP vorbereiten.«

Meine Eltern antworten nicht. Die Schwester verlässt uns und wir sind wenige Augenblicke allein.

»Walter, ich fürchte mich so. Unser kleiner Schatz hat eine solche schwere Operation vor sich, deren Ausgang ...« Mama weint und Papa nimmt uns schweigend in seine Arme. So eng umschlungen bleiben wir, ohne dass noch ein Wort gesprochen wird. Viel zu schnell geht die Tür wieder auf und die Schwester kommt, um mich abzuholen. Sie verharrt bei diesem Anblick noch einige Atemzüge lang, bevor sie anfängt uns zu trennen.

»So leid es mit tut, ich muss Jonathan jetzt mitnehmen.« Mama drückt mich noch fester an sich, als wollte sie mich nie und nimmer hergeben.

»Komm, Gabi«, flüstert Papa. Vorsichtig nimmt er mich aus Mamas Armen und überreicht mich der

Schwester. Ich weine jetzt laut, denn auch ich habe schreckliche Angst.

Vor der Tür steht ein Bett, in das ich hineingelegt werde. Die Schwester schiebt mich rasch zum Aufzug, der völlig leer ist. Wir fahren nach unten, während ich weiterschreie. Die Tür geht auf und die Fahrt geht über einen langen, hell beleuchteten Flur weiter. Vor einer großen Tür bleibt sie mit mir stehen. Hastig drückt sie auf einen kleinen grünen Knopf. Nach geraumer Zeit meldet sich eine Stimme: »Ja bitte?«

»Herz-OP, Jonathan Wiesner«, gibt die Schwester geschäftig zur Antwort. Kurz darauf geht die blank polierte Schiebetür mit einem Zischen auf und eine grün vermummte Gestalt kommt heraus und übernimmt mich einfach. Ich schreie vorsichtshalber weiter.

Die grüne Gestalt legt mich auf einen warmen Tisch und zieht mich aus. Überall brennen grelle Lichter, die meine Augen blenden.

»Wer schreit den hier so?«, höre ich eine vertraute Stimme fragen. »Das bin ich ja gar nicht gewohnt von meinem Jonathan.« Die Stimme gehört Professor Heiler. Er nimmt mich auf seinen Arm und ich höre erschöpft auf zu schreien. Ich fühle mich bei ihm in Sicherheit. Die vermummte Schwester schüttelt verblüfft den Kopf, was etliche hinter dem Rücken vom Professor ihr nachmachen. Was haben die nur, denke ich.

»So Jonathan, jetzt bist du ganz tapfer. Die Schwester wird dir eine Spritze geben und du wirst danach ganz tief einschlafen. Während du schläfst, werde ich mich um dein Herz kümmern. Du wirst sehen, dann wird es dir bald wieder besser gehen.« Er legt mich vorsichtig zurück und bald darauf falle ich in einen tiefen, seligen Schlaf, der mich weit von hier davonträgt.

»Jonathan, Jonathan, kannst du mich hören?«

»Ja, Herr Jesus, das kann ich.«

»Das ist gut. Solange du operiert wirst, erzähle ich dir weiter aus meinem Leben. Weißt du noch, wo ich bei unserer letzten Begegnung aufgehört habe?«

»Ja, das weiß ich noch ganz genau. Du hast Maria und Josef verlassen, weil Gott, dein Vater, es so wollte.«

»Ja, mein kleiner Freund, so war es. Ich verließ also Nazareth und hielt mich vierzig Tage und vierzig Nächte in der Wüste auf. In dieser Zeit redete ich viel mit Gott, der mir meinen Weg, den ich zu gehen habe, genau aufzeigte. Ich fürchtete mich ein wenig davor. Aber diese Furcht wurde überstrahlt von meiner Liebe zu den Menschen. Gott, mein Vater, segnete mich und rüstete mich mit viel Kraft für meine große Aufgabe aus. Ich war bereit, Gott, den Allmächtigen, der immer war und in alle Ewigkeit bleibt, den Menschen nahezubringen.

Ich sammelte gläubige Männer um mich, die mir treu nachfolgten. Sie verließen sogar Vater und Mutter, weil sie zu diesem Zeitpunkt schon spürten, wer mich gesandt hatte. Mit ihnen zog ich durchs ganze Land. Zu meiner Überraschung waren viele nicht erfreut, als ich ihnen sagte, dass ich Jesus, Gottes Sohn, bin. Manches Mal weinte ich darüber. Oft wollte ich Menschen um mich versammeln, aber das Volk, zu dem mein Vater mich gesandt hatte, wollte sich nicht um mich scharen. Sie trachteten bald nach meinem Leben. Damals wie heute verausgabten sich die Menschen bei der Jagd nach dem Vergänglichen, nach Reichtum und Macht und kümmerten sich so wenig um das Ewige.«

»Wie schade«, sage ich und bin gespannt, wie es weitergeht.

»Obwohl mein Vater viele Wunder durch mich bewirkte, blieben die Menschen in meiner Heimat halsstarrig. So wendete ich mich allen Menschen zu, egal, woher sie auch kamen. Viele derer folgten mir nach und glaubten dem, was ich ihnen sagte. Sie hatten keine Angst mehr vor Gott. Sie liebten ihn und mich, was Gott sehr erfreute. Nun, Jonathan, habe ich dich auf meine Reise mitgenommen. Noch einmal werde ich zu dir kommen und dir den Ausgang meines Lebens erzählen. Dann wird die Zeit ganz nahe sein, in der du mit mir gehen darfst.«

»Wie ich mich darauf schon freue. Kannst du mich denn nicht gleich mitnehmen?«

»Nein, noch nicht Jonathan, du musst noch etwas Geduld haben. Vertrau mir, mein kleiner Freund.«

»Ja, vertrauen und leben.«

»Sei tapfer, ich komme wieder.«

»Ja, Herr Jesus, komm bald wieder. Ich warte jeden Tag auf dich.«

Mir ist es auf einmal sehr kalt. Ich höre Mama und Papa leise mit dem Professor reden.

»Es ist alles gut verlaufen«, berichtet er ihnen. »In ein paar Tagen kann Jonathan auf Station verlegt werden.

Nur Mut, bald können Sie Ihr Kind wieder mit nach Hause nehmen.« Professor Heiler verabschiedet sich von meinen Eltern und geht hinaus. Sicherlich ist er nach der langen Operation müde. Mama weint aus Freude. Bestimmt umarmt sie jetzt Papa. Zu gerne hätte ich es gesehen, aber das ist leider nicht möglich, da ich noch viel zu schwach dafür bin.

»Ach, Walter, über zwölf Stunden wurde unser kleiner Schatz operiert. So jung ist unser Kind und muss so viel leiden. Warum nur?«

Ich weiß die Antwort, Mama. Eines Tages wirst auch du es verstehen. Habe einfach Vertrauen zu Gott.

Fast zwei Jahre ist es her, seit ich an meinem Herzen operiert worden bin. Seither werde ich nicht mehr so schnell müde und in der Nacht brauche ich diese lästige Beatmungshilfe nicht mehr. Mama bringt mich ein paar Mal in der Woche zur Krankengymnastik. Karin, meine Therapeutin, dreht mich mal auf den Bauch, mal auf die Seite und wieder auf den Rücken. Sie bewegt meine Hände, dehnt meine Füße, in denen ich kaum etwas fühle. Ich werde mit ihnen auch leider nie laufen können, sagen die Ärzte. Karin sagt, es sei trotzdem sehr wichtig, sie zu bewegen. Sonst werden sie ganz steif. Mama und ich glauben ihr und es macht mir viel Spaß mit Karin. Während den Übungen beobachtet Mama alles stillschweigend. Wenn wir dann fertig sind, unterhalten sich die beiden noch ein Weilchen über mich.

Heute gehen wir das erste Mal zum Logopäden, der mir

helfen soll, ein paar Wörter zu sagen. Darüber freue ich mich besonders, denn ich möchte so gerne »Mama« sagen. Wenn ich doch nur schon so weit wäre. Und später möchte ich natürlich auch »Papa« sagen. Vielleicht klappt es ja noch, bevor Jesus kommt und ich mit ihm gehen darf.

Mein Papa hat ein paar Tage Urlaub. Mama und ich freuen uns schon lange auf diesen Augenblick. Wir haben vor etlichen Wochen im Allgäu in einer Ferienpension Zimmer gebucht. Papa sagt, dort wird es mir besonders gut gefallen, weil wir auf einem Bauernhof sein werden. Eine Woche lang bleiben wir dort. Das erste Mal in meinem Leben fahren wir in Urlaub.

Nach zwei Stunden Fahrt kommen wir im Allgäu auf dem Bauernhof an. Dort werden wir gleich von der Bäuerin Iris herzlich empfangen. Sie teilt uns im Erdgeschoß unsere Zimmer zu, die sehr schön sind. Das Tolle dabei ist, dass wir mit meinem Buggy ohne Mühe auf unsere Zimmer gelangen. Mama und Papa haben nämlich bei der Zimmerbuchung darauf geachtet, dass sie behindertengerecht sind. Von unserem Zimmer sieht man wunderschön zu den Bergen hoch, auf deren Gipfeln noch Schnee liegt, der im Sonnenlicht glitzert. Mama zieht mir erst einmal eine frische Windel an. Mir ist es danach sofort wohler. Hoffentlich merke ich es bald von alleine, wenn ich aufs Klo muss – dann hätte Mama weniger Arbeit mit mir. Gleich danach werden Papa und ich von Mama aus dem Zimmer geschickt, während sie unsere Sachen in die Schränke verstaut.

Papa lässt sich das nicht zweimal sagen. Er ist sichtlich froh, dieser Arbeit zu entkommen. Bauer Wolfgang führt uns über seinen Hof. Er hat viele Kühe, Pferde und Schafe, die mir ja nicht unbekannt sind. Ich darf sie sogar streicheln. Papa gibt mir einen Grasbüschel in die Hände und hilft mir beim Füttern. Alle hier sagen zu Herrn Dorn Wolfgang. Oft sagt er lustige Sachen. Er meinte, als wir seine original Allgäuer Kühe mit ihren riesigen Hörnern bestaunen, dass eine Kuh muh macht und viele Kühe Mühe. Papa und die anderen Leute lachen herzlich und ich versuche es auch.

Abends sitzen wir dann in einem gemütlichen Speiseraum. Etliche der Gäste schauen mich komisch an. Manche schütteln abweisend den Kopf und ein Kind fragt seine Mutter: »Mama, warum hat der Junge da so einen großen Kopf und hält ihn so schräg?« Sie gibt dem Jungen keine Antwort und zerrt ihn irritiert weiter. Was sie wohl über mich denkt?

Die ersten zwei Tage sitzen wir alleine an unserem Tisch, was ich nicht sehr schön finde. So viele Kinder sind hier und keines redet mit mir – schade.

Am dritten Abend tritt eine Frau an unseren Tisch und spricht meine Eltern freundlich an: »Ist bei Ihnen noch ein Platz frei?«

»Ja, bitte«, sagt Papa und ich freue mich, dass wir nicht mehr alleine sitzen müssen.

Nach dem Essen unterhalten sich meine Eltern noch lange mit der netten Frau. Sie stellt sich uns als Frau Lang vor. Sie ist Physiotherapeutin und arbeitet viel mit behinderten Kindern zusammen. Frau Lang erzählt von ihrer Arbeit. Ich höre anfangs gar nicht richtig hin. Doch als das Wort Pferd fällt, horche ich auf.

»Die Therapie mit unseren Pferden macht den Kindern sehr viel Spaß«, berichtet sie gerade. »Sie werden dadurch positiv beeinflusst.«

»Ich habe schon einmal etwas über diese Hippotherapie gelesen. Meinen Sie wirklich, dass dies für Jonathan etwas wäre?«, fragt mein Papa interessiert.

»Ja, natürlich. Bei der Hippotherapie überträgt das Pferd die dreidimensionalen Schwingungen auf den Patienten. Dadurch werden bei den Patienten zum Beispiel Gleichgewicht, Muskelkräftigung und das Herz-Kreislauf-System angeregt. Besonders die Wärme der Pferde wirkt sich positiv auf die Psyche des Menschen aus. Es wird natürlich immer ohne Sattel geritten und die Pferde gehen stets nur im Schritt. Bei uns im Reittherapiezentrum bekommen unsere Patienten immer Einzelunterricht von geschulten Physiotherapeuten, die zusätzlich als Hippotherapeuten ausgebildet sind. Ich mache ihnen einen Vorschlag. Sie kommen am nächsten Freitag auf den Reiterhof Schönblick und schauen sich mit Jonathan eine Therapiestunde an. Wenn es Ihnen zusagt, konsultieren Sie Ihren Arzt, der dann alles Weitere in die Wege leiten wird. Hier meine Visitenkarte.«

»Hm«, macht Papa und schaut zu Mama und dann wieder zu Frau Lang. »Dieses Therapiezentrum liegt etwa eine halbe Stunde von unserer Wohnung entfernt. Einen Versuch ist es allemal wert. Vor allem liebt Jonathan Tiere. Besonders Pferde. Er zeigt ständig auf sie, wenn er eines erblickt. Am liebsten würde er den ganzen Tag bei den Pferden verbringen«, sagt Papa über mich und das stimmt ja auch. Frau Lang nimmt nun jeden Tag an unserem Tisch ihr Essen ein. Besonders schön ist, dass sie auch oft mit mir redet. Ich freue mich schon riesig, wenn ich bei ihr und den Pferden sein darf.

Die Woche geht viel zu schnell vorüber und der Tag der Abreise ist leider gekommen. Wir verabschieden uns bei Iris, die uns noch eine Flasche frische Milch und zehn Eier mitgibt. Waltraud – so sprechen meine Eltern Frau Lang jetzt an – geht mit uns sogar bis zum Auto. Waltraud sagt auch zu Mama Gabi und zu Papa Walter, was ich lustig finde. Mama erlaubt Waltraud sogar, mich in meinem Buggy zum Auto zu schieben, was sie wirklich gut hinbekommt. Sie verabschiedet sich herzlich von uns und bald darauf fahren wir los. Waltraud winkt uns so lange nach, bis sie uns nicht mehr sieht. Gerne wäre ich noch geblieben, aber es geht ja nicht, da ich wieder ins Krankenhaus zur Kontrolle muss und zu den ganzen Therapeuten. Leider kann ich immer noch nicht sprechen, obwohl sich mein Logopäde Wilfried mit mir alle Mühe gibt. Mein Mund will einfach die Worte nicht formen. Ich brauch halt noch Geduld, doch fühle ich, dass ich nicht mehr viel Zeit dazu habe.

»Wir haben wirklich Glück gehabt, dass wir Frau Lang, ich meine Waltraud getroffen haben. Gerade auch weil sie die Inhaberin des Reittherapiezentrums ist«, sagt Papa, während er sich auf der Autobahn in den Verkehr einfädelt.

»Ja, Walter, so ist es. Wie lieb sie auch auf Jonathan eingegangen ist. Hast du gesehen, wie aufmerksam unser Schatz ihr zugehört hat? Manches Mal kommt es mir so vor, als würde er alles verstehen, was gesprochen wird.«

»Hm«, macht Papa. »Ich denke, dafür ist er erstens viel zu klein und zweitens weißt du ja um die Diagnose der Ärzte, Schatz.«

»Trotzdem, Walter«, gibt Mama nicht auf und Papa zieht einmal tief Luft ein, während er einen großen LKW überholt, der mit dicken Holzstämmen beladen ist.

Oh, Papa, deine Gabi ahnt nur einen Bruchteil von dem, was ich verstehe und schon alles erlebt habe. Mit welchen Fähigkeiten mich Gott, der Allmächtige, ausgerüstet hat. Schon in Mamas Bauch habe ich alles verstanden, was um mich herum geredet wurde. Ich platze fast vor Wissensdurst und freue mich über alles Neue. Das Leben ist so wunderbar schön und kostbar und ihr habt mich gewollt. Jonathan darf eine Weile leben. Dafür liebe ich euch von ganzem Herzen. Jeder Atemzug, den ich tun darf, ist etwas ganz Besonderes. Oh, ich könnte so viel von dem erzählen, was ich alles erlebt habe. Aber Gott hat meinen Mund versiegelt, weil er möchte, dass seine Menschen seinem Wort, das er auf die Erde sendet, glauben sollen. Aber ein paar Worte darf ich vielleicht doch noch zur rechten Zeit sagen. Doch um nichts in der Welt möchte ich mit irgendjemand tauschen, denn ich habe mich mit dem lieben Gott unterhalten dürfen und Jesus erlebt. Etwas Schöneres kann ich mir nicht vorstellen. Oh, wie ich mich schon auf die nächste Begegnung mit ihm freue. Ja, vertrauen und leben.

Heute ist ein ganz besonderer Tag. Papa holt vom Autohaus unseren nagelneuen VW-Bus ab, der sogar mit einem Rollstuhllift ausgestattet ist. Ab heute kann Mama ohne jegliche Hilfe mit mir und meinem Rollstuhl in die Klinik oder zu den verschiedenen Therapeuten fahren. Am Abend zuvor sagt Mama noch, dass Opa Karl ihnen etliches dazu beigesteuert hätte, da sie sich sonst dieses Auto nicht hätten leisten können.

Als Papa in unsere Einfahrt rollt, schiebt mich Mama nach draußen. Gleich probieren sie den Lift aus, der tadellos funktioniert. Es ist für mich viel besser, wenn man mich nicht mehr heben und drücken muss, bis ich im Auto verstaut bin.

»Und wie findest du unser neues Auto?«, will Papa aufgeregt von seiner Gabi wissen.

»Wunderbar, Werner. Es war höchste Zeit dafür und ich habe es im Alltag erheblich leichter.« Mama sagte zu mir noch kurz bevor Papa angefahren kam: »Jonathan, dein Papa müsste jeden Moment mit seinem neuen Spielzeug bei uns auftauchen.« Schelmisch grinst sie mich an und hält einen Zeigefinger vor ihre Lippen. »Verrate aber nicht dem Papa, was ich eben gesagt habe. Das hört er nämlich gar nicht gerne.«

»Oh, Mama, nie würde ich etwas tun, das dir nicht recht ist. Und im Übrigen werde ich nie einen so langen Satz sprechen können. Aber ich weiß ja, wie du es meinst.«

Am Nachmittag geht es das erste Mal zum Reittherapiezentrum Schönblick. Professor Heiler hatte sofort zugestimmt, als Mama ihm von Waltraud erzählte, die er übrigens von früher her kennt. Er sagte zu meiner Mama, dass ich dort in guten Händen wäre.

Auf dem Reiterhof ist viel los. Pferde werden hin und her geführt. Eine Gruppe Kinder reitet auf einem sandigen Platz hintereinander. Ein großer Mann gibt vom Boden aus laute Anweisungen, was die Kinder machen sollen. Bestimmt ist es für die Kinder ganz schön anstrengend, alles so auszuführen, dass er zufrieden ist.

Im Schritttempo fahren wir an den Hinweisschildern vorbei, die uns zeigen, wo die Halle für das therapeutische Reiten zu finden ist. Als wir aussteigen, kommt uns Waltraud schon entgegen.

»Hallo, Jonathan«, begrüßt sie mich als Erstes, geht in die Hocke und streichelt mir über die linke Wange. »Freust du dich schon auf die Pferde und das Reiten?« Ich strahle sie an und wedle unbeholfen mit den Händen. »Das ist ja ganz toll, wie du dich bemerkbar machen kannst.« Waltraud steht jetzt auf und begrüßt meine Mama und umarmt sie sogar. Dasselbe macht sie auch mit Papa. Wie ungewöhnlich. Mama umarmt nämlich öfters Freunde von uns, aber Papa umarmt eigentlich sonst nur Mama oder Uta. Wahrscheinlich mag er Waltraud besonders. Aber eines weiß ich ganz genau: Mama und Papa küssen nur sich. Ja, so ist es.

»Schön, dass ihr gekommen seid«, höre ich Waltraud sagen. »Kommt, lasst uns hinüber zu den Stallungen gehen. Dort schauen wir uns erst einmal die Pferde an, die zur Therapie geeignet sind. Und du, Jonathan, darfst dir eines aussuchen, auf dem du reiten möchtest.« Waltraud führt uns in einen kleineren, lichten Stall. Dort stehen acht Therapiepferde, die friedlich ihr Heu fressen. Keines der Pferde beachtet uns. Bis auf eines, das sofort zu uns herausschaut. Als wir vor der Box stehen, streckt es seinen langen Hals zu mir heraus und befühlt mit seinen weichen Lippen meine Hände. Ich streichle es über die samtigen Nüstern und es hält ganz still.

»Jonathan, das ist unser Grufi, der hat sich vor einem halben Jahr sein linkes Auge verletzt und sieht auf ihm nichts mehr. Aber der Grufi ist ein ganz Lieber. Manche Eltern lehnen ihn ab, wenn sie sein trübes Auge sehen. Aber mir scheint, dass ihr beide schon Freundschaft miteinander geschlossen habt.« Wieder bewege ich Arme und Hände als Zeichen, dass ich einverstanden bin.

Grufi, dich mag ich besonders, da du mit mir am besten mitfühlen kannst. Wir werden dicke Freunde. Mama und Papa sind erstaunt, wie sich ihr Jonathan mit Waltraud unterhält. Mama freut sich sehr darüber und kann ein paar Tränen nicht verbergen.

»Schau, Jonathan, du darfst Grufi ein Stück gelbe Rübe geben. Das mag er besonders gern.« Ich strecke Grufi die Rübe hin, die er mir vorsichtig mit seinem Maul aus der Hand nimmt und mit seinen Zähnen zermalmt.

»So, jetzt holen wir mal Grufi aus seinem Stall, denn ich sehe schon, dass Jonathan überhaupt keine Berührungsängste mit Pferden hat.«

In der Reithalle werde ich auf Grufi gesetzt. Beziehungsweise nach vorne gelegt und meine Hände hängen ganz locker neben dem Pferdehals herunter, da ich mich ja nicht alleine festhalten kann. Grufi bleibt die ganze Zeit über ruhig stehen. So lange, bis Waltraud ihrer Kollegin, die Grufi am Zügel führt, ein Zeichen gibt, loszumarschieren. Ein weiterer Helfer hält mich von der linken Seite und Waltraud von der rechten Seite fest. Es ist ein unbeschreiblich schönes Gefühl, die Bewegungen auf dem warmen Pferderücken zu verspüren. Nach zehn Minuten lässt Waltraud Grufi anhalten. Sie klopft fest an seinen Hals und lobt ihn, weil er so brav war.

»Für das Erste lassen wir es gut sein. Wir wollen ja Jonathan nicht überanstrengen. Nicht wahr, Jonathan? Du hast das heute prima gemacht.«

Ja, es war sehr schön. Aber ich bin auch schrecklich müde.

»Walter, du darfst Jonathan vom Pferd heben«, fordert Waltraud Papa auf, der dies sofort tut.

Im Stall darf ich Grufi noch einmal ein Stück Rübe geben. Meine Eltern verabschieden sich herzlich von Waltraud und laden sie zu uns nach Hause ein.

»Waltraud, komm uns doch in den nächsten Tagen einmal besuchen. Wir könnten am Abend gemütlich zusammensitzen und etwas Feines grillen.«

»Gerne, ich melde mich bei euch rechtzeitig an«, gibt sie lächelnd zur Antwort.

Im Auto schlafe ich sofort ein. Es war ein anstrengender Tag heute – aber wunderschön. Am Abend, als mich Mama in mein Bett bringt, betet sie mit mir und dankt Gott für diesen besonderen Tag und dankt ihm auch, dass wir Waltraud kennengelernt haben.

Papa ist schon lange im Geschäft, als Mama mich in meinen Spezialstuhl setzt, den ich seit einigen Wochen haben darf. Klaus, unser Orthopäde, hat ihn höchstpersönlich zu uns nach Hause gebracht und die ganze Technik meinen Eltern erklärt. Der Stuhl ist einfach super, weil man ihn bis auf den Boden herunterlassen kann und ich dann auf gleicher Höhe mit anderen Kindern bin, wenn wir ab und zu Besuch von unserer Verwandtschaft haben. Aber das ist eher selten und meine Neffen und Nichten spielen nicht gerne mit mir. Ab und zu, wenn keiner der Erwachsenen zuhört, sagen sie zu mir, ich wäre viel zu doof, und sie haben keine Lust, sich mit mir abzugeben. Aber ich mag sie trotzdem. Auf jeden Fall kann mein Stuhl zum Essen auf Tischhöhe gestellt werden und Mama und Papa müssen mich nicht ständig auf ihrem Schoß festhalten. Dort sitze ich ganz sicher und kann nicht herunterfallen. Papa sagt immer, dass er auch einmal in so einem bequemen Stuhl sitzen möchte, den man auf- und ablassen kann.

Oh, Papa, du bist immer so lustig, freue ich mich und Mama schüttelt mit dem Kopf und sagt nur: »Oh, Walter.«

Nach dem Frühstück geht es gleich los zum Sanitätshaus. Dort werden mir heute meine neuen Schuhe angepasst. Papa hat schon gestern Abend voller Sorge Mama gebeten, doch sehr vorsichtig mit unserem neuen Auto zu fahren. Besonders beim Einparken. Beinah hätte es Streit deswegen gegeben. Als ich es bemerkte, weinte ich sofort los. Das verfehlte seine Wirkung nicht und der Friede kehrte wieder ein.

Mama fährt uns beide ganz sicher zu Klaus, unserem Orthopäden, den Mama noch von der Grundschule her kennt. Aufmerksam liest er das Schreiben durch, das Mama ihm überreicht hat. Das Gutachten hat sie von der orthopädischen Klinik erhalten. Nach deren Vorgaben werden meine Schuhe angefertigt. Lächelnd schaut Klaus uns an, als er mit Lesen fertig ist.

»Dann wollen wir mal nach deinen Füßen schauen, Jonathan.« Er steht auf und streichelt mir über den Kopf. Der Klaus ist wirklich nett. Jetzt werden verschiedene Abdrücke von meinen Füßen gemacht. Ganz genau werden sie von allen Seiten vermessen. Nachdem er alles in seinem blauen Buch notiert hat, legt er meiner Mama einen Katalog vor, in dem Schuhe in den verschiedensten Farben und Motiven abgebildet sind. Mama zeigt mir alles. Ich versuche ihr beim Umblättern zu helfen, was den Seiten nicht wirklich guttut und Klaus leicht nervös macht. Nach einer Weile sehe ich dunkelbraune Schuhe mit zwei kleinen Pferden darauf. Ich rudere mit meinen Armen, was Mama sofort versteht.

»Wir haben das gefunden, was wir suchten. Die Schuhe mit dem Pferdemuster gefallen Jonathan am besten.«

»Wie?«, meint Klaus und schaut Mama und dann

mich etwas verblüfft an. Ich merke, dass er sich über uns beide wundert. »Die Schuhe sind außerordentlich schön, Gabi. Nur sag mir: Wie willst du wissen, dass sie Jonathan am besten gefallen?«

»Ganz einfach, wenn mein Schatz etwas möchte, rudert er mit seinen Händen; das ist alles.«

»Verstehe«, erwidert Klaus und ich meine zu wissen, er hat es nicht verstanden. Na ja, so ist der Klaus halt.

»Willst du eigentlich irgendwann wieder in den Schuldienst zurück?«, wechselt Klaus das Thema.

»Vorerst auf keinen Fall. Jonathan braucht noch meine ganze Aufmerksamkeit. Vielleicht werde ich ab und an etwas Nachhilfe geben. Aber das lasse ich auf mich einfach zukommen«, antwortet Mama gelassen.

»Das wäre doch ein Anfang. Meine Nachbarin sucht für ihren Wildfang dringend Nachhilfe in Mathe«, lässt Klaus nicht locker.

»Hm. Ich werde mir einmal Gedanken darüber machen.« Ich merke es an Mamas Tonfall, dass sie gerne zusagen würde. Sie hat mir schon öfters von »ihren Kindern« erzählt, die sie vor meiner Geburt an der Grundschule unterrichtet hatte, und wie viel Freude sie dort erlebte. Irgendwann will sie auch ihren Beruf wieder aufnehmen, was ich einfach toll finde.

Am Abend höre ich, wie Papa und Mama über einen Film sprechen, den sie im Fernsehen zusammen angeschaut haben. Er handelte von zwei Elternpaaren, bei denen die Frauen auch jene vorgeburtlichen Untersuchungen haben durchführen lassen wie meine Mama. Ein Filmteam begleitete beide Ehepaare.

Zuerst waren die werdenden Eltern geschockt, als der Arzt ihnen mitteilte, sie sollten ein behindertes Kind bekommen. Einige Zeit später entschied sich das eine Paar für eine Abtreibung und das andere für das Leben ihres Kindes. Leider ist der kleine Marcel ein paar Tage nach seiner Geburt gestorben, worüber seine Eltern sehr traurig waren. Ich wünsche mir ganz fest, dass ich einmal Marcel im Himmel begegne. Ja, das wünsche ich mir.

Mama und Papa überlegen noch, was wohl ein abgetriebenes Kind empfindet, das nicht gewollt wurde. Klagt es seine Eltern vor Gott an und wird es jemals vergeben können? Wo befindet sich dessen Seele? Papa meint sehr ernst: Er ist fest davon überzeugt, dass im Augenblick der Befruchtung das Leben beginnt, dessen Zusammenhang ich aber nicht verstehe.

Schon fünf Monate sind seit meinem ersten Ritt auf Grufi vergangen. Was ganz toll ist: Ich kann schon zwanzig Minuten aufrecht auf ihm sitzen. Es reicht sogar aus, dass nur Waltraud mich hält. Sie hat fast alle Unterrichtseinheiten persönlich mit mir geübt, was für mich etwas Besonderes ist. Seither kann ich auch viel länger in meinem Rollstuhl sitzen und werde nicht so schnell müde. Ich freue mich jede Woche darauf, mit Waltraud und Grufi zusammen zu sein.

Endlich ist wieder Sonntag und wir machen uns fein für den Gottesdienst. Ich darf wieder an der Sonntagsschule teilnehmen, da ich ohne große Mühe die knappe Stunde sitzen kann. Anfangs war Mama immer bei mir geblieben, falls ich mich nicht wohl fühle. Am letzten Sonntag meinte Paula, unsere Sonntagsschullehrerin, dass ich auch einmal alleine kommen darf. Meine Mama willigte ein und versprach mir, sofort zu kommen, wenn mit mir etwas sein sollte.

Vor dem Kinderraum fragt mich Mama: »Jonathan, meinst du, du kannst heute wirklich ohne mich in die Sonntagsschule gehen?« Ich rudere mit meinen Armen und Mama freut sich sehr darüber. Sie öffnet die Tür und schiebt mich in den schön dekorierten Raum hinein. Paula begrüßt mich herzlich. Alexander und Max springen sofort lachend um mich herum und streiten sich darum, wer mich nachher zum Parkplatz schieben darf.

»Ich mache euch einen Vorschlag«, beruhigt sie Mama. »Du, Max, schiebst Jonathan bis zum Kircheneingang und du, Alexander, weiter bis zum Parkplatz.«

»Au ja«, jubeln beide und springen wild um den Maltisch herum, bis sie von Paula ausgebremst werden.

Nachdem wir gebetet und gesungen haben, erzählt uns Paula von Noah und der riesigen Arche, die er im Auftrage Gottes gebaut hat. Mit Noah und seiner Familie gingen viele Tiere in den großen Kasten hinein. Elefanten, Bären, Affen, Hasen und natürlich auch Pferde. Eine schier nicht enden wollende Schlange wartete darauf, in den rettenden Kasten einzusteigen zu dürfen.

Paula hat eine riesengroße Arche aus Karton gebastelt und sie mitten auf den Tisch gestellt. Wir Kinder dürfen die Vorlagen von den verschiedenen Tierarten ausschneiden. Leider kann ich mit meinen krummen Fingern nicht schneiden und kleben. Aber malen geht seit einiger Zeit schon ganz gut. Wenn mir jemand einen Stift zwischen meine krummen Finger steckt, kann ich auf und ab malen. Das macht mir richtig viel Spaß. Karin, meine Krankengymnastin, hat es mir mit viel Geduld beigebracht. Alexander schneidet für mich gerade einen Elefanten aus und Max macht mit seinem Arm einen langen Rüssel nach und versucht so zu trompeten wie ein echter Elefant. Außer der Lautstärke, glaube ich, hat dieser Lärm nichts mit dem Dickhäuter gemeinsam, trotzdem finde ich es lustig. Max hat damit aber etwas anderes erreicht: Jedes der Kinder versucht nun, das Tier nachzuahmen, das es gerade ausschneidet. Paula hat heute große Mühe, alle Kinder wieder zu beruhigen.

Nachdem all die schönen Tiere angemalt sind, werden sie zusammengeklebt und in die Arche hineingestellt. Wir staunen, wie schön unsere Arbeit geworden ist. Paula will sie in ein paar Wochen im Foyer aufstellen, damit sich die Erwachsenen auch daran erfreuen. Viel zu schnell ging die Stunde vorüber. Zum Abschluss singen wir noch ein Lied, bevor ich von meinen beiden Freunden im Sauseschritt hinausbefördert werde.

Schon seit Längerem schmerzt mein Herz wieder. Auch das Atmen fällt mir schwerer als sonst und mein Bauch tut fürchterlich weh. Als Mama am folgenden Morgen in mein Zimmer kommt, ist sie eine Zeit lang sprachlos.

»Um Gotteswillen, was hast du, Jonathan? Du hast ja schon ganz blaue Lippen!« Sie stürmt hinaus und telefoniert mit dem Krankenhaus. Kurz darauf höre ich das Martinshorn. Mama öffnet dem Notarzt und den Sanitätern die Türe. Sofort laufen sie in mein Zimmer. Sie beatmen mich und bringen mich dann hinaus in den Krankenwagen. Mama weint, weil sie sich um mich, ihren Jonathan, sorgt. Mir ist auch danach zumute, aber ich bin viel zu schlapp dazu.

Der Notarzt fährt im Krankenwagen mit und lässt mich keinen Moment aus den Augen. Ich habe fürchterliche Angst. Wenn nur meine Mama da wäre, denke ich. Sicherlich kommt sie bald nach. Ja, das tut sie immer; und sobald mein Papa kann, kommt er auch.

Auf der Intensivstation werde ich sofort ausgezogen. Viele Gesichter beugen sich über mich. Lauter Wortfetzen dringen an mein Ohr.

»Blut im Urin – Knoten im Bauchraum – Verdacht auf Nephroblastom – Herz instabil – rufen sie Professor Heiler und Oberarzt Winter. Schwester, versuchen sie die Eltern zu erreichen. Hier muss mit größter Wahrscheinlichkeit sofort operiert werden. Schnell zur Tomografie.«

Sie decken mich zu, schieben mich aus dem Raum. Mir wird ganz schwarz vor den Augen. Ich höre keine Stimmen mehr und es wird mir auf einmal ganz leicht. Oh, wie schön das ist.

»Hallo Jonathan«, höre ich meinen Namen rufen und ich erkenne sofort die Stimme, die mich gerufen hat.

Das Dunkel um mich weicht und ein klares, reines Licht umgibt mich.

»Ich bin hier, Jesus! Ist es schon so weit?«

»Noch nicht, Jonathan. Erinnere dich an unsere letzte Begegnung. Dort sagte ich dir, dass ich noch einmal zu dir kommen werde, ehe so weit ist.«

»Ach ja, ich erinnere mich wieder. Das heißt, ich soll noch einmal aufwachen?«

»Ja, so ist es, Jonathan. Hab Vertrauen. Nur noch eine Weile.«

»Ja, Vertrauen. Vertrauen und leben.«

»Ich werde bei dir bleiben, bis die Ärzte dich operiert haben; sie bemühen sich vergeblich, denn deine Zeit auf Erden ist bald abgelaufen. In der Zwischenzeit erzähle ich dir weiter aus meinem Leben.«

»Au ja, das wäre wunderschön.« Jesus lächelt mich an und es wird auf einmal wunderbar hell.

Jesus erzählt mir von seinen großartigen Wundern, die er an den vielen Menschen getan hatte, um es ihnen leichter zu machen, an seinen Sendungsauftrag zu glauben. Viele, die es erlebt haben, folgten Jesus unbeirrt nach. Einmal hat er sogar fünftausend Menschen, die um ihn versammelt waren, mit fünf Broten und zwei Fischen satt bekommen. Sooft auch seine Jünger in die Körbe griffen – nie wurden sie leer. Alle wurden satt und es blieb noch eine Menge von allem übrig. Was für ein Wunder. Kaum fassbar, aber wahr.

Leider gab es auch Geistliche, die Jesus hassten und ihm nach dem Leben trachteten. Einerseits, weil die Menschen ihn liebten. Anderseits, weil er ihnen, den geistlichen Führern, ihr eigenes Handeln vor Augen hielt. Etliche der Pharisäer und Schriftgelehrten fürchteten um ihren Einfluss und ihre Autorität bei den Menschen.

Und dann erzählte mir Jesus vom letzten Abschnitt seines Lebens. Einer seiner Jünger verriet ihn für dreißig Silberstücke. Mit einem Kuss gab er den Soldaten im Garten Gethsemane das Zeichen, wen sie ergreifen sollten. Dann ging alles sehr schnell. Jesus wurde vor den hohen Rat geführt und dort für schuldig erklärt. Am liebsten hätten sie ihn gleich getötet. Aber das durften sie nicht, da die Römer ihre Herren waren. Und so wurde Jesus vor Pilatus, den vom Kaiser bestimmten Statthalter, gebracht. Dieser fand keine Schuld an Jesus und hätte ihn am liebsten freigesprochen. Aber Kaiphas, der Hohepriester, und der Hohe Rat waren geschickt und setzten Pilatus unter Druck. Sie behaupteten, Jesus wiegele das Volk auf und seine Freilassung sei gegen die Interessen des Kaisers. Die Angst vor dem Kaiser war so stark, dass er sich nicht energisch für den unschuldigen Jesus einsetzte. So überließ er Jesus den Soldaten zur Hinrichtung. Jesus aber ließ alles ohne jegliche Gegenwehr über sich ergehen.

Während Jesus von seiner Kreuzigung auf Golgatha erzählte, weinte ich die ganze Zeit über. Er berichtete dies aber ohne Bitterkeit. Ja, eine unbeschreibliche Liebe ging dabei von ihm aus und ich fühlte, er würde es wieder für uns Menschen tun.

Bevor er schließlich starb, befahl er seinen Geist in Gottes Hände. Das Opfer für die Menschheit war vollbracht. Jetzt war der Weg für die Menschen geöffnet. Sie konnten nun Gnade vor Gott erlangen.

Dann sprach Jesus davon, dass er nach drei Tagen vom Tod auferstanden war und sein Grab verlassen hat. Ich jauchzte und jubelte. Eine tiefe Freude durchzog meine Seele. Jesus war auferstanden. Er hatte über Hölle, Tod und Grab gesiegt. Wie wunderbar.

Nach der Auferstehung war er noch vierzig Tage mit seinen Jüngern zusammen. Bis dann der große Tag für Jesus kam, seine Himmelfahrt. Bevor sie stattfand, segnete er seine Getreuen und gab ihnen den Auftrag, in alle Welt zu gehen und von ihm zu erzählen. Während er sie noch segnete, fuhr er in den Himmel auf zu Gott, seinem Vater, der ihn gesandt hatte.

Die Jünger standen noch da und blickten in den Himmel, als sie zwei Engel bemerkten, die ihnen mitteilten, dass Jesus wiederkommen wird. Da kehrten sie voller Freude nach Jerusalem zurück und priesen Gott, den Allmächtigen.

»Ja, Jonathan, und wenn du einmal bei mir im Himmel bist, dann werde ich dir noch manches erzählen, was nirgendwo geschrieben steht.«

Mehr als ein »Ja« kann ich nach diesem Erleben einfach nicht sagen.

»Die Ärzte sind nun gegangen und du wirst auf dein Zimmer gebracht. Deine Eltern werden bald um dein Bett stehen. Sie haben viel für dich gebetet. Mach kurz deine Augen auf, das beruhigt sie ein wenig. Bis bald, mein kleiner Freund.«

»Ja bis bald, Jesus – und komm bald wieder.« Das

helle Licht verlöscht und ich habe schlimme Schmerzen.

Erst nach einer Woche bekommen meine Eltern einen Termin beim Nephrologen. Oberarzt Winter berichtet von dem komplizierten Eingriff. Mama hat mich dabei vorsichtig auf ihren Schoß genommen und ich darf endlich wieder ihr Herz schlagen hören. Es klopft in diesem Augenblick rasend. Doktor Winter atmet einmal tief durch und runzelt dabei die Stirn, die sich dabei in viele kleine Falten wellt.

»Nun, ich habe versucht, das Nephroplastom, also den bösartigen Tumor aus der linken Niere vollständig zu entfernen. Und im ersten Moment sieht es ganz gut aus. Trotzdem muss Jonathan sich einer Chemo- und Strahlentherapie unterziehen und wir alle können nur hoffen, dass sich keine Tochtertumore gebildet haben. Das heißt, dass ihr Sohn noch einige Zeit hier bei uns bleiben sollte.« Meine Eltern schweigen und Doktor Winter schaut betreten auf seine weißen Schuhe.

»Wenn – wenn Sie keine weiteren Fragen haben, würde ich wieder auf Station gehen.« Doktor Winter verabschiedet sich förmlich von uns und ich weiß, dass er seine Vermutungen gegenüber meinen Eltern nicht ausgesprochen hat. Er ahnt, dass mein Leben auf dieser Erde sehr begrenzt sein wird und niemand wird es verlängern können. Das war ja von Anfang an von Gott so bestimmt.

Gestern hatte ich meine letzte Bestrahlung. Nach langen Wochen darf ich noch einmal nach Hause zu meinen lieben Eltern. Schon früh am Morgen werde ich von einer ungeduldigen Schwester gewaschen und angezogen. Als sie mit mir fertig ist, schaut sie mich eine Weile an, schüttelt missbilligend den Kopf und meint: »Wie konnten dir deine Eltern so etwas antun. Dein Leben hat doch überhaupt keinen Sinn. Eine OP nach der anderen. Außerdem kosten die laufenden Behandlungen die Allgemeinheit sehr viel Geld. Heute gibt es doch Möglichkeiten, um so etwas wie dich ... ach, was rede ich überhaupt mit dir. Verstehst ja eh kein Wort.«

»Doch«, sage ich und ich bin ebenso über mein »Doch« überrascht wie die Schwester, deren Kinnlade nach unten rutscht und die mich fassungslos anstarrt. Nachdem sie sich wieder einigermaßen im Griff hat, schiebt sie mich scheu hinaus in den Flur und lässt mich dort einfach in meinem Rollstuhl stehen. Beim Durchschreiten des Flurs dreht sie sich noch ein paar Mal nach mir um und schüttelt nervös den Kopf. Ich habe sie mit meinem »Doch« echt geschockt. Ein paar Sekunden später stürmen zwei Frauen in mein ehemaliges Zimmer hinein, um es zu desinfizieren. Ihre Sprache allerdings verstehe ich nicht.

Nach einiger Zeit kommt die ungemütliche Tante wieder mit einem weiteren Rollstuhl angefahren. Ein blasses Mädchen sitzt darin und schaut mir lustig entgegen. Die Schwester parkt sie, ohne ein Wort zu verlieren, genau neben mich und ich denke, ob sie in diesem langen Flur alle Rollstuhlfahrer aufstellen will, die sie auf ihrer Station findet. Zutrauen würde ich es ihr ja. Sicherlich hätte sie dann nachher Probleme, alle wieder in ihre Zimmer zu bringen, ohne sie zu verwechseln.

Das Mädchen neben mir ist ein paar Jahre älter als ich und lächelt mich an.

»Wie heißt du eigentlich?«, möchte sie wissen. Ich sage alle Worte, die ich kann. Auch mein neuestes: doch.

»Ach so, du kannst nicht reden. Das tut mir aber leid. Hm, ich heiße übrigens Sandra und kann auch nicht gehen. Aber mit meinem Rollstuhl kann ich alleine herumsausen. Soll ich es dir zeigen?«

»Ja«, sage ich und wedle kräftig mit den Armen. Sandra rollt mit beachtlicher Geschwindigkeit los. Stoppt und dreht sich wieder in meine Richtung.

»Siehst du, das ist doch ganz einfach!«, schreit sie durch den Flur. Hoffentlich hört das diese Schwester nicht, denke ich und halte nach ihr Ausschau. Um die Ecke kommt jedoch nicht jene Schwester, sondern ein älteres Ehepaar. Sandra spricht sie gleich an. Leider verstehe ich sie aus dieser Entfernung nicht. Sie blicken immer wieder in meine Richtung und kommen jetzt mit Sandra auf mich zu.

»So, so, du bist also so lange herumgefahren und hast jetzt keine Kraft mehr, um selber auf dein Zimmer zu fahren. Na komm, wir helfen dir.« Die entfernen mich tatsächlich von meinem Platz, den mir die Schwester zugeteilt hatte. Wenn das nur keinen Ärger gibt. Sandra rollt uns voraus, so schnell, dass die älteren Herrschaften ganz schön schnaufen müssen, um mit ihr mitzuhalten.

»Jetzt sind wir da. Unsere Eltern sind in diesem Zimmer und wir müssen hier vor dieser Tür warten, weil der Arzt mit ihnen noch spricht.«

»Also gut, dann stellen wir dich dort hin.«

»Vielen, vielen Dank, dass Sie uns geholfen haben. Mama und Papa hätten uns ausgeschimpft, wenn sie uns nicht hier vorgefunden hätten«, meint Sandra überfreundlich, was die beiden aber nicht misstrauisch macht. Was auf jeden Fall sicher ist: Meine Eltern werden mich so schnell nicht finden, wenn sie mich abholen wollen.

»Gerne geschehen.« Mit diesen Worten verabschiedet sich das freundliche Paar und geht eilig weiter.

»Das war doch ganz schön schlau. Hier ist nämlich das Ärztezimmer. Wenn einer von denen herauskommt, will ich nachfragen, wo meine Eltern so lange bleiben. Schon vor einer Woche wollten sie kommen und mich abholen. Ich warte jeden Tag auf sie – aber bis jetzt vergeblich.« Tränen schießen über ihre Wangen und ich weine auch, weil Sandra so traurig ist. Hinter der Zimmertür wird es auf einmal fürchterlich laut. Ein Mann schreit ganz aufgeregt: »Sie haben uns damals, bei den zahlreichen Untersuchungen nicht über den Umfang informiert, was es heißt, ein Kind mit Spina bifida zu versorgen!«

»Wir hatten Sie in mehreren Gesprächen darauf hingewiesen, dass ...«

»Nichts haben Sie! Ich werde euch Weißkittel vor Gericht verklagen! Und eines sage ich Ihnen jetzt schon, dieses abstoßende Wesen kommt mir nicht mehr unter mein Dach!« Die Tür wird ruckartig aufgerissen und der Schreihals stürmt mit seiner heulenden Frau an uns vorbei. Wie vom Blitz getroffen bleiben beide stehen, drehen sich kurz zu uns um und starren Sandra an.

»Komm«, sagt der Mann kalt und zerrt seine Frau mit sich. Ich sehe Liebe in ihren Augen und begreife. Das waren die Eltern von Sandra, die aus ihrer Starre langsam erwacht. Erst leise und dann immer lauter ruft sie: »Mama, Mama, komm bitte zurück!« Verzweifelt rollt sie ihnen nach, wird aber nach ein paar Metern von zwei kräftigen Pflegern abgefangen. Sie haben große Mühe, die tobende Sandra auf ihr Zimmer zu bringen.

»Was macht denn Jonathan hier?«, will einer der Ärzte aufgeregt wissen, den ich von der Chemotherapie her kenne. »Wieso ist er nicht auf seinem Zimmer!«, schreit er jetzt auch noch herum und ich weine von Neuem los. »Bis in fünf Minuten will ich wissen, warum die Kinder hier vor dem Ärztezimmer waren und alles mithörten!«

»Komm, Jonathan, wir gehen zusammen in dein Zimmer. Dort lese ich dir etwas Schönes vor.« Die nette Schwester schiebt mich einfach von diesem aufgeregten Ärztestab weg, worüber ich wirklich froh bin. Von Weitem sehe ich schon Mama und Papa, die uns eilig entgegenkommen. Ich bin darüber sehr glücklich und muss auch nicht mehr weinen.

»Jonathan, mein kleiner Schatz, was hast du denn?«, fragt Mama besorgt, umarmt mich und küsst mich immer wieder auf meine Wangen. Papa streichelt mir über meinen Kopf, der jetzt ganz kahl ist – seit der Chemotherapie sind mir meine eh dünnen Haare alle ausgefallen. Opa freut sich sicherlich, dass ich jetzt wieder ohne Haare bin und er nicht mehr alleine sein muss mit seiner Glatze. Bestimmt lächelt er mir wieder zu und streicht sich über seinen kahlen Kopf. Natürlich ganz heimlich, damit Oma es nicht merkt. Sonst schimpft sie Opa wieder. Mein Opa ist einfach immer gut drauf und das freut mich.

»Du zitterst ja am ganzen Körper. Was hat dies hier zu bedeuten?«, will Mama von der Schwester wissen und Papa schaut sie finster an.

»Wissen Sie«, fängt sie unsicher an zu erklären, »ich glaube, Jonathan konnte es kaum erwarten, bis seine Eltern ihn abholen. Ich habe ihn zur Ablenkung auf dem Flur hin und her gefahren«, lügt die Schwester einfach Mama und Papa an.

»Hm«, macht Papa und schaut Mama an, die nur eine Augenbraue hebt. Das heißt so viel wie: »Wer's glaubt.«

Professor Heiler berichtet vor meiner Entlassung, dass mein Herz so weit stabil wäre, ich mich in der nächsten Zeit aber nicht sehr anstrengen sollte. Das heißt, ich muss einige Wochen auf meinen Grufi verzichten.

Meine Eltern versprechen mir auf dem Nachhauseweg, dass sie mit mir jede Woche einmal zum Reitstall fahren und ich meinem Lieblingspferd Möhren füttern darf, die der Grufi ja so sehr mag. Und was meine Eltern versprechen, halten sie auch. Ja, das tun sie immer. Sie sind einfach so gut zu mir.

Gerade rechtzeitig durfte ich das Krankenhaus wieder verlassen, was für mich ganz wichtig ist. In drei Tagen hat nämlich meine Mama Geburtstag.

Mein Papa und ich gehen morgen gleich zusammen in die Stadt, um Geschenke für Mama zu finden. Papa hat viele Ideen zu Mamas dreißigstem Geburtstag. Alles hat er auf einen Zettel geschrieben. Sogar den lang ersehnten Wecker. Bestimmt wird das sehr spannend für uns beide.

Mama darf heute nicht mit uns in die Stadt, was bisher noch nie vorgekommen ist. Es soll ja schließlich eine Überraschung für sie werden. Papa findet in all den Läden, die wir besuchen, ein Geschenk. Er schreckt auch nicht vor dem Schnellkochtopf zurück, da er sich erinnert, dass Mama noch einen größeren bräuchte. Alles lässt er sich in schönes Papier einpacken. Zum Schluss sagt er zu mir: »Das haben wir ja toll hingekriegt.«

»Ja«, sage ich, was Papa bei dem ganzen Lärm um uns herum aber nicht hört. Was Mama bestimmt am meisten freuen wird, ist die schöne Halskette mit den passenden Ohrringen dazu. Da bin ich mir ganz sicher. Ich habe für meine Mama auch ein Geschenk. Wilfried, mein Logopäde, hat mit mir in den letzten Monaten immer wieder das Wort »Mama« geübt und ich habe immer nur »M« gesagt. Im Bett habe ich dann jede Nacht heimlich geübt, bis ich es fehlerfrei aussprechen konnte. Gerne hätte ich Wilfried den Gefallen getan, aber ich wollte das schönste Wort, das ich kenne, meiner Mama als Erstes sagen und vorher soll es niemand von mir hören.

Früher als sonst werden meine Jalousien hochgezogen. Zu meiner Überraschung steht Papa in meinem Zimmer, was morgens höchst selten vorkommt.

»Jonathan, wir wollen heute Morgen deine Mama zu ihrem Geburtstag überraschen. Wir machen dich ganz fein und wecken dann gemeinsam Mama.«

Noch vor dem leckeren Frühstück packt Mama eines der vielen Geschenke aus. Es ist das kleine, weiße Etui mit dem Schmuck. Was dort zum Vorschein kommt, freut sie riesig. Innig umarmt sie Papa und küsst ihn länger als sonst.

»Dein Sohn hat auch beim Aussuchen mitgeholfen«, sagt Papa zu seiner Geburtstagsmaus. So nennt er heute seine Gabi, seit wir sie zum Frühstück aufgeweckt haben.

»Das habe ich mir schon gedacht.« Sie kommt jetzt herüber zu mir und umarmt mich herzlich. Ich bin etwas aufgeregt, weil ich jetzt mein Geschenk sagen will.

»Mama, Mama«, sage ich fehlerlos. Mama schaut mich überrascht an. Dann Papa und dann wieder mich.

»Hast du das gehört, Walter? Unser Schatz hat Mama gesagt!« Freudentränen kullern ihr über die Wangen. Sie herzt mich und ihre warmen Tränen rinnen auch über mein Gesicht. Ein eigenartiges Gefühl durchzieht mich, das mich ein wenig verwirrt. Ich empfinde in meiner Seele den Hauch von baldigem Abschied.

»Mama«, sage ich noch einmal.

»Ja, deine Mama liebt ihren Jonathan sehr und freut sich über dein wunderbares Geschenk.«

Habe ich gerne für dich geübt. Als Nächstes kommt Papa dran, wenn mir die Zeit dazu noch reicht.

Am Nachmittag kommen wie jedes Jahr unsere Verwandten. Papa stöhnt schon allein bei dem Gedanken daran – was sich auch jedes Jahr wiederholt. Das heißt auch, dass wieder der Felix mit Tante Mathilde kommt. Na ja.

Als der Kaffee getrunken ist und Mama die vielen Geschenke ausgepackt hat, bittet sie ihre Gäste kurz um Aufmerksamkeit: »Ich möchte mich bei euch allen für euer Kommen und die vielen schönen Geschenke bedanken, die ihr mir mitgebracht habt. Das schönste Geschenk hat mir allerdings Jonathan gemacht. Nach fünf Jahren hat er das erste Mal ...« – Mama muss sich räuspern, ehe sie weitersprechen kann – »Jonathan hat das erste Mal ›Mama‹ gesagt.« Erstaunte Gesichter schauen Mama an. Felix lacht laut in die Stille hinein und sagt: »Mama habe ich schon mit einem halben Jahr gesagt. Los, Jonathan, lass es uns hören«, fordert er mich hämisch auf. Ich schweige einfach. Denn ich muss ihm ja nichts beweisen.

»Ha ha, Jonathan kann überhaupt nicht ›Mama‹ sagen«, spottet er und streckt mir die Zunge heraus.

»Felix, das reicht jetzt«, sagt Papa streng, was sofort Tante Mathilda auf den Plan ruft.

»Also, Walter, sei doch nicht so kleinlich. Der Junge meint es doch ...«

»Der ungezogene Bengel benimmt sich wie schon so oft daneben und du lässt ihn einfach gewähren«, unterbricht Papa Tante Mathilde schroff. Beleidigt steht sie auf.

»Komm, Felix, wir sind hier nicht erwünscht.« Grinsend verlässt er an der Hand seiner Mutter die Geburtstagsfeier. Etliche der Gäste atmen erleichtert auf, als die beiden nicht mehr zu sehen sind. Schade, dass es bei jedem Familienfest Streit gibt. Papa sagt öfters, es gibt nichts Schlimmeres wie Verwandtschaft. Eigentlich schade, denke ich.

Heute haben wir einmal keinen Termin bei irgendeinem Arzt oder Therapeuten. Das sind für mich die schönsten Tage. Am späten Vormittag sitzen meine Mama und ich in meinem Zimmer auf dem Boden. Eingewickelt in eine kuschelige Decke sitzen wir zusammen in meinem großen, weichen Sitzkissen. Mama hat nämlich gestern ein neues Buch vom Zoo gekauft, das sie mir jetzt vorlesen will. Es ist ein Buch über den Zoowärter Gustav, den alle Tiere lieben. Gustav kümmert sich um seine Tiere und wenn eines krank ist, pflegt er es so lange, bis es wieder gesund ist.

Mitten im Erzählen läutet es an der Haustüre. Schade, dass wir gestört werden, denke ich.

»Wer mag das wohl sein?«, wundert sich Mama. »Ich schau mal kurz nach, Jonathan, und bin gleich wieder zurück.« Leider kann mich Mama nicht mehr tragen, da ich zu schwer für sie geworden bin. Ich höre eine fremde Frauenstimme.

»Entschuldigung, Frau Wiesner. Ich habe von Klaus, ich meine von Herrn Becker gehört, dass Sie eventuell Nachhilfeunterricht erteilen würden.«

»Kommen Sie erst einmal herein, Frau ...«

»Oh, Entschuldigung. Frau Hermann, Regine Hermann. Herr Becker ist mein Nachbar.«

»Freut mich, Frau Hermann. Kommen Sie doch mit mir ins Kinderzimmer, dort wartet mein Jonathan, den ich nicht gerne alleine lasse.« Wie lieb das Mama sagt. Sie ist die beste Mama der Welt. Ja, das ist sie.

»So, das ist mein Sohn Jonathan und das ist Frau Hermann«, stellt uns Mama vor. Ich wedle mit meinen Händen und bekomme ein deutliches »Ja« zustande.

»Freut mich, dich einmal kennenzulernen, Jonathan. Ich habe schon manches von dir gehört.«

»Hoffentlich nur Gutes«, meint Mama und hebt kritisch eine Augenbraue nach oben.

»Teils, teils. Sie wissen ja, wie die Leute so reden. Dabei sollten sie dankbar sein, wenn sie gesund sein dürfen. Auf jeden Fall freue ich mich, Ihren Sohn einmal von der Nähe sehen zu können.« Frau Hermann bückt sich zu mir hinunter und streichelt mich über meinen kahlen Kopf, was ich sehr nett von ihr finde. Ich lächle sie an und sage: »Ja.« Nun beginnt Frau Hermann, ihr Herz bei Mama auszuschütten.

»Wissen Sie, Frau Wiesner, meine Anne ist ein Wirbelwind. Am liebsten würde sie den ganzen Tag nur Handball spielen. Die Schule vernachlässigt sie immer mehr. Seit ich ihr angedroht habe, sie aus dem Verein zu nehmen, werden ihre Leistungen zunehmend schlechter. Anne wird nicht in die vierte Klasse versetzt, wenn sie ihr Lernverhalten nicht ändert. Alle bisherigen Nachhilfelehrer hat sie abgelehnt. Fast jede Woche bestellt mich ihre Klassenlehrerin zu sich in die Schule. Leider kann ich als alleinerziehende Mutter nicht jeden Termin wahrnehmen. Ich bin am Ende und weiß wirklich nicht, wie es weitergehen soll. Ich dachte, wenn Menschen wie Sie so ein großes Opfer auf sich nehmen und ein behindertes Kind mit so viel Liebe umsorgen, hätten Sie vielleicht auch die Geduld, sich meiner Anne ein wenig zuzuwenden.« Die Mama von Anne ist ernsthaft verzweifelt, fühle ich.

»Ich kann Sie wirklich verstehen, Frau Hermann, und schätze Ihr Vertrauen. So eine Entscheidung muss wohl überlegt sein, da Jonathan mich ständig braucht und ich ihn nicht vernachlässigen möchte. Anderseits freut er sich, wenn einmal Kinder im Haus sind.«

Oh, Mama, ich würde mich so über Anne freuen. Endlich wäre einmal wieder ein Kind bei uns. Ständig habe ich nur Erwachsene um mich: Ärzte, Therapeuten, Orthopäden ...

»Ich spreche mit meinem Mann darüber«, sagt Mama gerade, »und gebe Ihnen dann nächste Woche Bescheid, ob es für mich in Frage kommt.«

»Vielen Dank, Frau Wiesner.« Frau Hermann verabschiedet sich bald darauf von uns und ich sehe Hoffnung in ihren Augen aufleuchten.

Nach reichlichen Überlegungen befürwortet Papa, dass Mama Anne unterrichten soll. Er meinte, die Abwechslung würde Mama guttun, wenn sie Anne einmal in der Woche unterrichtet. Mama ist darüber sehr glücklich und vereinbart für nächsten Dienstag einen Termin mit Frau Hermann und Anne. Was mir daran nicht gefällt, dass Oma in dieser Zeit auf mich aufpassen soll. Spazieren gehen und Geschichten lesen, soll sie mit mir in dieser Zeit. Sie freut sich darüber und will Mama den Rücken freihalten, solange sie unterrichtet. Darüber bin ich traurig. Viel lieber würde ich bei Anne und Mama bleiben.

Pünktlich um fünfzehn Uhr klingelt Frau Hermann an unserer Haustür. Sie diskutiert noch heftig mit Anne. Ich höre immer wieder ein »Nein« oder »Ist doch mir egal.«

Mama lässt Mutter und Tochter herein. Anne begrüßt sie misstrauisch, doch als sie mich entdeckt, stürmt Anne sofort auf mich zu. Neben meinem Rollstuhl lässt sie ihren Schulranzen auf den Boden plumpsen.

»Du bist Jonathan, stimmt's?«

»Ja.«

»Ich dachte, du kannst nicht sprechen«, stellt Anne verwundert fest.

»Anne, ich bitte dich!«, ermahnt sie Frau Hermann.

»Weißt du, Anne, Jonathan kann nur ein paar einzelne Wörter aussprechen, über die wir uns trotzdem sehr freuen«, erklärt Mama ihr geduldig.

Oma schüttelt kaum merkbar den Kopf. Bestimmt findet sie das Verhalten von Anne ungewöhnlich. Ich finde sie einfach nur toll.

»Gut, Frau Hermann, wie vereinbart holen Sie Anne um fünf Uhr wieder ab.«

»Ja, ich werde pünktlich sein; und du, Anne, benimmst dich.«

»Hm«, mehr gibt sie nicht von sich und verdreht dabei die Augen.

»So, Anne, nun lass mich mal deine Schulhefte sehen, damit ich mir ein Bild machen kann.«

»Mit einem Fotoapparat?« Sie lacht laut über ihren Scherz und strampelt mit den Füßen, dass der ganze Tisch wackelt. Ich lache mit ihr und Mama lacht auch, was Anne wundert und Oma zu einem kritischen Kopfschütteln veranlasst.

»Ich geh dann mal mit Jonathan«, meint Oma schließlich und schiebt mich einfach aus dem Arbeitszimmer von Mama hinaus. Ich höre gerade noch, wie Anne sagt: »Warum darf Jonathan nicht hierbleiben?«

»Damit du dich ganz auf deine Aufgaben konzentrieren kannst.«

»Alleine lernen ist aber doof.« Mehr höre ich nicht mehr, da Oma meine Zimmertür hastig hinter uns ins Schloss fallen lässt. Ich bin das erste Mal enttäuscht und sogar wütend. Ich fange an zu weinen und rufe immer wieder: »Da, Mama!« und zeige mit den Händen auf meine Zimmertür. Schon nach zehn Minuten habe ich Erfolg und Mama kommt und schaut nach mir. Angst steht in ihrem Gesicht. Es tut mir leid und ich höre auf zu schreien.

»Komm, mein Schatz, du darfst mit an den Tisch sitzen und malen.«

»Meinst du, es ist vernünftig, Gabi?«, fragt Oma besorgt.

»Ja. Wenn es nicht funktioniert, kann ich Anne halt nicht mehr unterrichten. Jonathan hat vor allen anderen Vorrang. Und nun gehen wir zu Anne und du, Oma, machst uns einen Kaffee und die Kinder bekommen nachher eine Erdbeermolke zu trinken.«

»Juhu, Jonathan ist wieder da!«, empfängt mich Anne und springt mir entgegen. Mama erklärt ihr, wenn sie in meiner Gegenwart nicht aufmerksam lernt, oder Jonathan uns stört, wird sie den Nachhilfeunterricht beenden.

»Jonathan wird nicht stören, der ist doch super lieb«, meint Anne und zeigt bereitwillig ihre Hefte. Mama liest aufmerksam all das Geschriebene und zieht des Öfteren beide Augenbrauen nach oben. Manches Mal schmunzelt sie auch, während Anne mich offen angrinst. Während ich male, bearbeiten die beiden die aufgelaufenen Hausaufgaben und zwei Strafarbeiten. Die Zeit vergeht wie im Flug und als Annes Mutter kommt, ist alles erledigt.

»Jetzt kommt der gemütliche Teil«, sagt Mama. Die Erwachsenen trinken Kaffee und wir Kinder die versprochene Molke. Mama berichtet von Anne und berät Frau Hermann geduldig, wie es weitergehen soll. Anne hört gar nicht hin, was unsere Mütter reden. Sie erzählt mir mit Entsetzen von ihrem letzten Handballspiel, das sie leider verloren haben. Sie hatten einfach in dieser Saison sehr viel Pech gehabt, meint sie.

»Noch drei Spiele haben wir in dieser Saison, von denen wir unbedingt zwei gewinnen müssen. Ansonsten steigen wir ab. Verstehst du das, Jonathan?«

»Ja«, sage ich, weil ich es nicht aussprechen kann, wenn ich etwas nicht verstehe.

»Gut, dass wenigstens du das verstehst. Mama sagt immer: na und, halb so schlimm. Ich habe eine tolle Idee, Jonathan. Am Samstag kommst du einfach mit mir ins Stadion. Du und deine Eltern bekommen von mir eine Freikarte. Bestimmt bringst du uns Glück.«

»Ja.«

»Gut, dann brauchen wir nur noch das Einverständnis von deiner Mama. Meinst du, sie sagt Ja?«

»Doch«, sage ich zur Abwechslung, was Anne überhaupt nicht stört.

»Super, Jonathan, du bist wirklich ein toller Freund.«

Gerade steht Frau Hermann auf und bedankt sich bei Mama.

»Anne, bedanke dich bei Frau Wiesner und dann fahre ich dich ins Training.«

»Juhu! Vielen Dank, Mama, dass ich gehen darf«, jubelt Anne und hüpft wild auf und ab.

»Frau Wiesner, darf Jonathan am Samstag bei unserem Spiel gegen den SC Hausen zuschauen? Bestimmt bringt er uns eine Menge Glück«, bittet sie höflich, aber bestimmt.

»Also, Anne, jetzt gehst du aber zu weit«, tadelt Frau Hermann ihre Tochter.

»Wenn Sie einverstanden sind, Frau Hermann, bespreche ich es gerne mit Jonathans Arzt und natürlich mit meinem Mann. Ich würde Ihnen am Freitag Bescheid geben.«

»Danke«, jubelt Anne, ergreift mit beiden Händen die Hand von Mama und schüttelt sie kräftig durch. Mir gibt sie einen Kuss auf die Wange, der sich ganz anders anfühlt wie der von Mama oder Oma. Dann stürmt sie einfach hinaus, ohne ihre Schulsachen mitzunehmen. Jetzt kann ich verstehen, warum alle Wirbelwind zu Anne sagen.

In dieser Nacht treten wieder diese eigenartigen Bauchschmerzen auf. Nicht sehr stark. Sie kommen und gehen in unregelmäßigen Abständen. Ich frage mich, ob das die Vorboten meines letzten Lebensabschnittes sind, und ein seltsames Gefühl durchdringt mein Herz.

Am Morgen sage ich nicht »weh«, wie sonst, wenn ich Schmerzen habe. Denn ich will ja am Samstag zu dem Handballspiel von Anne. Ich glaube fest daran, dass ich hin darf, weil ich den lieben Gott darum gebeten habe.

Am Samstag ist es so weit, wir gehen alle zum Handballspiel nach Hausen, um Anne die Daumen zu drücken. Professor Heiler hatte keine Bedenken. Er lächelte mich nachdenklich an, als wollte er sagen: »Geh nur, mein Junge, solange es dir noch möglich ist.«

Wir dürfen ganz vorne an der Bande sitzen. Von hier aus können wir alles genau sehen. Während des Spiels wundere ich mich, wie die Spielerinnen nur so viel auf und ab laufen können. Das ist bestimmt sehr anstrengend, denke ich. Der Schiedsrichter unterbricht mit seiner schrillen Pfeife oft das Spiel. Immer wieder gibt es Strafminuten für manche Spielerinnen. Auch Anne ist des Öfteren davon betroffen. Wenn der Schiedsrichter nach seinem Verweis nicht mehr auf Anne achtet, streckt sie ihm einfach die Zunge heraus und grinst über das ganze Gesicht. Bei jedem Tor, das Annes Mannschaft erzielt, winkt sie mir zu. Sooft ich die Kraft habe, wedle ich mit meinen Armen und rufe »Ja!« oder »Doch!« Alles ist hier für mich sehr anstrengend. Die Spannung, der ganze Lärm, der von den Spielern und den Zuschauern ausgeht. Trotzdem ist es ganz toll hier.

Der Schiedsrichter pfeift das Spiel ab. Es ist zu Ende. Annes Mannschaft hat 26:21 gewonnen. Sofort nach dem Abpfiff spurtet Anne zu mir her. Noch völlig außer Atem, umarmt sie mich und drückt mir wieder diesen besonderen Kuss auf die Wange.

»Siehst du, Jonathan, ich habe es gleich gewusst, dass du uns Glück bringen wirst.«

»Ja, doch«, ist meine spontane Antwort. Wie der Blitz ist sie auch schon wieder verschwunden. Ich bin in diesem Moment einfach nur glücklich. Mama schaut zuerst mich und dann Papa an. Ein feines Lächeln umrahmt ihren Mund, als wüsste sie um ein Geheimnis.

Während der Heimfahrt verstärken sich meine Schmerzen sehr. Der ganze Bauch tut mir weh und das Atmen fällt mir schwer. Ich versuche, nicht zu weinen, aber ich schaffe es leider nicht.

»Schatz, was hast du denn?«, fragt Mama besorgt. »Walter, halte bitte an, ich setze mich nach hinten zu Jonathan.« Mama streichelt mich während der weiteren

Fahrt, was mir etwas über meine Schmerzen hinweghilft. Zu Hause angekommen, will Mama meine Windel wechseln. Da erschrickt sie.

»Walter, komm bitte ganz schnell zu uns!« Sofort ist Papa da.

»Nein, bitte nicht schon wieder. Ich rufe sofort im Krankenhaus an.« Dann höre ich nichts mehr. Tiefe Dunkelheit umgibt mich. Ich habe Angst. Ich rufe verzweifelt nach Jesus, aber bekomme keine Antwort. In weiter Ferne scheint mir ein ganz zartes Licht entgegen, das mir meine fürchterliche Angst etwas lindert. Ich denke an Anne, die mich doch noch unbedingt einmal als Glücksbringer braucht.

Irgendwann erwache ich wieder und sehe gleich meine besorgte Mama an meinem Bett sitzen. Sie ist blasser als sonst und ihre Augen sind gerötet. Die Tür geht auf und Papa kommt mit hängenden Schultern herein.

»Und?«, bedrängt ihn Mama sofort. Papa schüttelt resigniert den Kopf.

»Es ... es haben sich Metastasen gebildet. Auch die Lunge ist befallen.« Tränen rinnen Papa über das Gesicht, was ich bei ihm noch nie gesehen habe. Nochmals wird die Tür geöffnet und zu meiner Überraschung steht Professor Heiler im Zimmer. Ohne meine Eltern zu beachten geht er auf mich zu und bleibt nachdenklich vor meinem Bett stehen. Dann schüttelt er den Kopf.

»Warum gerade du, Jonathan?«

Ich könnte es dir erklären, Professor. Es wird einmal der Tag kommen, an dem alle Fragen nach dem Warum, Wieso und Weshalb beantwortet werden.

»Ich verspreche dir, mein Junge, alles zu unternehmen, dass du so wenig Schmerzen wie möglich haben wirst.« Professor Heiler streichelt mir liebevoll über den Kopf und ringt um Fassung. Ein paar Mal atmet er tief ein, ehe er sich meinen Eltern zuwendet. Mama weint herzzerreißend in Papas Armen, der ihr immer wieder über die Haare streichelt.

»Die Metastasen haben sich im ganzen Körper von Jonathan verteilt. Die Medizin ist am Ende ihrer Weisheit. Wir werden nicht mehr operieren, da es Jonathan nur unnötige Schmerzen bereiten würde.« Ich höre Verbitterung in seinen Worten.

»Spätestens in einer Woche dürfen Sie Jonathan wieder mit nach Hause nehmen. Die entsprechende Arznei habe ich bereits zusammengestellt. Unternehmen Sie in seinen letzten Tagen – vielleicht werden es auch noch einige Wochen – so viel wie möglich mit Ihrem Sohn. Lassen Sie ihn essen und trinken, was ihm schmeckt. Umgeben Sie ihn mit Menschen, die er besonders liebt.«

Ein schwaches »Ja, doch«, gebe ich zur Antwort und freue mich schon auf all die Freunde, die ich in meinen so schönen Jahren kennengelernt habe und die mich wegen meiner Behinderung nie gemieden haben.

An der Zimmertür dreht sich Professor Heiler noch ein Mal zu uns um.

»Sie können mich jederzeit anrufen, ob bei Tag oder Nacht. Hier meine Handynummer, die Sie aber niemand sonst weiterreichen dürfen.«

»Danke«, gibt Papa irritiert zur Antwort und starrt

auf die Tür, aus der gerade der Professor hinausgegangen ist.

Meine Entlassung fällt auf einen Donnerstag. Dieses Mal werde ich nicht aus meinem Zimmer geschoben. Alle behandeln mich zuvorkommend. Meine Eltern sind schon früh am Morgen bei mir und dann geht es auch gleich los.

Zu Hause duftet es wunderbar. Alles ist geschmückt, so, als hätte ich Geburtstag. Uta ist da, Opa und Oma, Anne mit ihrer Mutter. Sie alle begrüßen mich herzlich. Es ist ein wunderbarer Nachmittag, obwohl ich in meinem Stuhl immer wieder einschlafe. Nach ein paar Stunden gehen meine Gäste wieder, weil ich mich wieder hinlegen muss. An der Haustüre springt Anne noch einmal zu mir zurück und sagt ohne lautes Geschrei: »Jonathan, du bist am Samstag herzlich zu meinem letzten Spiel in dieser Saison eingeladen.«

»Ja, doch«, antworte ich müde.

»Meine Freunde freuen sich auch schon auf dich.« Annes Mutter schimpft zu meiner Überraschung nicht. Sie lächelt und dabei wischt sie sich eine Träne aus dem Auge.

Am Mittwoch habe ich so viel Kraft, dass ich zu dem alles entscheidenden Spiel gehen kann. Nach einem dramatischen Spiel gewinnt Anne mit ihrer Mannschaft 27:26 und sie werden somit nicht absteigen. Die ganze Mannschaft ist aus dem Häuschen und hüpft um mich herum, lacht und schreit ausgelassen. Ich kann sie alle nur noch verschwommen wahrnehmen, freue mich aber mit ihnen. Ich hebe sogar einmal meine Arme nach oben und lache so laut ich kann.

Zwei Tage später fahren wir auf den Reiterhof, um Grufi Möhren zu füttern. Reiten kann ich leider nicht mehr, aber es ist auch so schön, den Geruch des Heus und der Pferde zu riechen. Ich lege meine Stirn an Grufi's Hals, der ganz still hält. Er spürt alles, ohne dass ein Wort gesprochen werden muss.

Nach einer Woche Pause buchen meine Eltern noch eine Woche Ferien bei Iris im Allgäu. Zu meiner Überraschung schließt sich Waltraud uns an und wir haben dort alle sehr viel Spaß zusammen. Leider müssen wir nach drei Tagen schon wieder gehen, da ich mich ständig übergeben muss.

Ich habe jedes Zeitgefühl verloren. Mama zieht mich heute Nachmittag warm an und setzt mich in den Rollstuhl, um mit mir den schönen Herbstwald mit all seinen bunten Blättern anzuschauen. Unterwegs kommt uns Herr Konklevski entgegen und schiebt seine Frau im Rollstuhl vor sich her. Seit ihrem Schlaganfall kann sie nicht mehr reden, auch nicht mehr gehen, erklärt er meiner Mutter. Ich schaue in ihre Augen und sehe darin Verzweiflung. Ich lächle sie an, was bei ihr ein undefinierbares Knurren auslöst. Mama verabschiedet sich daraufhin hastig und schiebt mich schnell weiter. Dann treffen wir Anne, die gerade auf dem Weg zum Training ist. Als sie uns wahrnimmt, springt sie sofort auf mich zu, umarmt mich und gibt mir einen Kuss auf meine Lippen, was in mir ein einmaliges, wundervolles Gefühl auslöst.

»Jonathan, wenn du im Himmel bist, vergiss mich nicht. Und wenn es der liebe Gott erlaubt, dann drücke mir von dort aus die Daumen.«

»Ja, doch«, verspreche ich ihr. Sie umarmt mich noch einmal und ihre Tränen fließen über mein Gesicht. Dann springt sie davon, ohne sich nochmals umzudrehen.

In der Nacht muss ich wieder beatmet werden. Trotzdem fällt mir das Atmen sehr schwer. Durch die vielen Medikamente lebe ich nur noch in einem Dämmerzustand. Immer wieder wird es für Augenblicke dunkel um mich.

Irgendwann höre ich das Martinshorn, dann hektische Stimmen. Wir rasen über die leeren Straßen.

Bei meinem Erwachen höre ich das aufdringliche Piepsen der Maschinen, mit denen ich verkabelt bin. Mamas warme Hand streichelt mich liebevoll. Als sie wieder gefasster ist, spricht sie zu mir: »Jonathan, Liebling, gib nicht auf, du schaffst es noch einmal.«

Ein schwaches »Nein« kommt über meine Lippen.

»Walter, hast du das gehört, Jonathan hat geantwortet.« Papa nickt nur und nimmt meine Hand in die seine. Ich drücke sie so fest ich noch kann und dann gelingt mir ein Wort, das ich bis jetzt noch nie ausgesprochen habe.

»Papa, Papa.« Mein Papa kann seine Tränen nicht mehr zurückhalten und hinter ihm wird es plötzlich ganz hell. In diesem klaren, reinen Licht steht Jesus, der mich voller Liebe und Güte zu sich winkt. Ich zögere noch einen Moment, da mir meine Mama noch etwas sagen will.

»Mein kleiner Liebling, ich habe es verstanden. Du hast genug gelitten. Geh nur. Danke für die Zeit, die du bei uns gewesen bist. Niemals werden wir dich vergessen, niemals.«

»Komm, Jonathan, es wird Zeit, wir müssen gehen«, fordert mich Jesus erneut voller Liebe und Barmherzigkeit auf. Ich verlasse ohne große Anstrengungen meinen behinderten Körper und gehe auf Jesus zu, der mich in seine ausgebreiteten Arme schließt. Ein unbeschreibliches Gefühl durchdringt mich durch und durch. Ich habe keine Schmerzen mehr und ich muss nicht mehr in meinen kranken Körper zurück. Hinter mir ertönt ein einzelner Ton, der meinen Tod signalisiert. Ich sehe meinen entseelten Körper mit den vielen bunten Kabeln auf dem Bett liegen. Aber ich lebe weiter. Ich lebe jetzt in einer anderen, herrlichen Daseinsform, da ich Gott immer vertraut habe. Ja, vertrauen und leben. Ärzte und Schwestern stürmen jetzt in das Zimmer herein und fordern Mama unmissverständlich auf, mich frei zu geben. Sie klammert sich aber nur noch fester an meinen Körper.

»Sind Sie doch vernünftig, Frau Wiesner, und lassen Sie uns helfen!«

»Nein, verschwinden Sie alle aus dem Zimmer!«

»Wenn Sie es nicht anders wollen, dann ...«

»Ist schon gut, Herr Doktor Frank, ich übernehme«, höre ich eine autoritäre Stimme an der Tür, die nur einem gehört, dem Professor. Ruhe kehrt wieder im Zimmer ein. Der Professor schaltet die Apparate ab und wendet sich langsam meinen Eltern zu.

»Sie haben Jonathan vorbildlich versorgt und darüber hinaus geliebt, wie man ein Kind nur lieben kann. Jedes Mal, wenn Jonathan zu mir in die Klinik kam, habe ich mich auf ihn gefreut. Ich sah einen ungemeinen Lebenswillen in seinen Augen und es kam mir so vor, als wollte er sagen: ›Helfen Sie mir, ich will leben.‹ Bei der letzten Untersuchung sah ich etwas völlig anderes, was mich in meinem Inneren zutiefst getroffen hat. Ohne Worte gab er mir mit einem sanften Lächeln zu verstehen, dass ich, egal was ich noch alles unternehmen werde, sein Leben doch nicht mehr verlängern kann. Verstehen Sie, es ist einfach unglaublich, Jonathan kannte sein Ende. Ich bin Ihnen von Herzen dankbar, dass Sie sich trotz meiner damaligen Beratung für das Leben von Jonathan entschieden haben. Ja, Jonathan wollte vom ersten Atemzug an leben. Das habe ich sofort nach seiner Geburt gespürt.«

Professor Heiler reicht meinen Eltern die Hand und spricht kaum hörbar seine Anteilnahme aus. Nach Fassung ringend, verlässt er mit langen Schritten das Krankenzimmer.

»Herr Jesus, können wir nicht Mama und Papa auch gleich mitnehmen?«

»Nein, Jonathan, noch nicht, denn sie haben noch einige Aufgaben zu erfüllen. Nun lass uns diesen Ort verlassen, es warten schon voller Ungeduld zwei Kinder auf dich.«

»Auf mich?«

»Ja. Erinnerst du dich noch an den kleinen Marcel, der kurz nach seiner Geburt gestorben ist?«

»Ja natürlich, ich habe mir gewünscht, ihm einmal zu begegnen, wenn ich in den Himmel komme. Aber wer soll das zweite Kind sein?«

»Es ist Sandra, die du im Krankenhaus kennengelernt hast.«

»Aber – aber sie hat doch noch gelebt, als ich das Krankenhaus verlassen habe. Sie war so lustig und hat gerne Streiche gemacht.«

»Du hast recht, aber als ihre Eltern sie nicht mehr wollten, hat sie einfach mit Essen aufgehört. Bald darauf ist sie gestorben.«

»Das tut mir aber leid. Hat sie auch keinen Rollstuhl mehr?«

»Nein, Jonathan, im Himmel ist jeder gesund, kann sprechen und gehen.«

Jesus ergreift meine Hand und in einem Augenblick verlassen wir die Erde und betreten kurz darauf den Himmel, wo Marcel und Sandra schon voller Freude auf meine Ankunft warten.

»Hallo, Jonathan, endlich bist du da«, begrüßt mich Sandra und Marcel sagt: »Ja, da.«

Nach drei Tagen fordert mich Jesus auf, ihn ein Stück zu begleiten. Ein wunderbares Gefühl legt sich auf mein ganzes Sein. Nach einer Weile bleibt Jesus stehen und breitet ruhig seine Arme aus. In diesem Augenblick geht von ihm ein warmes, helles Licht aus und macht den Blick auf die Erde frei. Dort sehe ich meine Eltern vor meinem offenen Grab stehen. Sie sind sehr traurig – untröstlich. Heute ist der Tag, an dem mein Körper der Erde übergeben wird. Er wird wieder zur Erde, von der er genommen ist. Der Geistliche tröstet durch seine einfühlsamen Worte alle Trauernden. Geigen spielen wunderbar und ein Chor singt noch zum Abschluss das schöne Lied: Gott ist die Liebe, er liebt auch dich. Wie schön, denn das ist das Lieblingslied meiner Mama – und auch meines. Die Trauerfeier ist zu Ende. Die vielen Menschen, die von mir Abschied genommen haben, verlassen den Friedhof. Papa und Mama bleiben noch an meinem Grab stehen. Bei ihnen kann ich Opa und Oma sehen. Uta ist auch noch geblieben. Sie hat wieder einen Mann gefunden, was mich sehr für sie freut. Waltraud und Frau Hermann sind auch noch geblieben. Und Anne steht ganz vorne und schaut in mein tiefes Grab hinunter. Sie steht am äußersten Rand, was für sie typisch ist. Anne weint als einzige noch. Das, was ich für sie empfunden habe und noch empfinde, ist Liebe, erklärte mir Jesus. Ja, Liebe, und ich freue mich riesig darauf, wenn sie einmal hier bei mir im Himmel sein wird. Etwas im Hintergrund steht Professor Heiler. Er schaut hinauf in den wolkenlosen Himmel, als würde er dort etwas Bestimmtes suchen. Nach geraumer Zeit schüttelt er fast unmerklich den Kopf und verlässt nachdenklich den Friedhof.

Langsam senkt Jesus seine Arme wieder, und dieses sonderbare Licht erlischt. Gütig spricht er zu mir: »Jonathan, ich will dir noch etwas sagen, was noch in der Zukunft liegt:

Deine Mama wird in einem Jahr Zwillinge zur Welt bringen, die kerngesund sein werden. Deine Schwestern werden Lisa und Mona heißen.«

»Das freut mich wirklich sehr«, unterbreche ich Jesus, der mir gütig zulächelt.

»Sie werden einmal ganz bedeutende Ärztinnen werden und vielen Kindern helfen können, die aus aller Welt anreisen. Professor Heiler wird deine Schwestern fördern und ihnen sein ganzes Wissen weitergeben.

Anne wird das Abitur mit Ach und Krach bestehen. Dass dies überhaupt möglich geworden ist, hat sie der unermüdlichen Geduld deiner Mama zu verdanken. Sie wird Sport studieren und einmal auf der gleichen Schule unterrichten wie deine Mama.«

Ich bin überglücklich, als ich mit Jesus weitergehe, und denke immer wieder an die Worte: Vertrauen und leben in allen Situationen. Ja.